U0130424

李子謙　畢　名
巢立仁　賴蘭香
合著

【作者序一】

前事不忘，一念天堂

當大學同窗友好邀請我加入本書的創作工作，我着實興奮不已。我居然有幸得到與賴師蘭香、巢師立仁、學兄畢名共寫一書的寶貴機會，實在是想也不敢想，在夢境也難以出現的夢幻情節。兩位恩師都是我少年時期的楷模，學識與人品仰之彌高，也常在我需要時給予我幫助與鼓勵。兩位不嫌我學藝不精，准我參與，我絕對視之為生命裏的「荷蘭水蓋」，一口便答應參加。學兄畢名是香港一代驚慄小說代表作家，能參與他們的作品，於我而言是莫大的榮幸。

這本書的寫作初衷，是為香港的學生留下一本小書，以作勸勉，希望各位同學細讀後，領悟和牢記一些重要的品德情意。我在「一念」中的四則故事都改編自真人真事，主角的原型都是我的學生、朋友、甚至我自己。寫作的過程讓我感觸很深，還產生了時光倒流的錯覺，記起與不少恩師、學生和朋友的經歷。想到故事中人的遭際，我不得不感慨：做人真是一念天堂，一念地獄。

細讀其餘三位作者的文章，讓我自覺是一個幸福的讀者。三位的文章各有千秋，文字駕馭能力遠遠在我之上，讀着讀着，獲益良多。

最後，感恩我在人生路上遇過極多恩師，以及歷年信任我的諸生。謹將此書獻給已故恩師鄧立光博士，以及另一位恩師曾子凡博士。感謝鄧老師在我迷惘的少年時期言傳身教，開我學習中國文化的大門，幸好在少年時期就遇到您。感謝曾老師一直鼓勵我研究語言學，勉勵我多做對社會有貢獻的事，還親身向我示範如何退而不休，一生治學。

另外，也希望把此書留給小兒抱一，朝夕與你相處，看你成長，堅定了我對教學的信念，更讓我有勇氣在混亂的世界繼續走下去，爹爹與媽媽永遠愛你。

李子謙

【作者序二】

百感交集，輕描淡寫

這本書很有意義，是跟舊同事和舊學生共同協作的成果。

編輯約稿，十分認同書的主題和方向，以為這麼多年，跟這許多人聊過天，聽過不少故事，該不困難，其後卻發覺下筆不易。創作過程中，舊人舊事，浮現腦海，但不想涉及個人私隱，個別經歷也往往零碎，故匯集所聽過的事，加入個人觀察和其他資料，寫成四個虛構故事。

人物和他們的故事是虛構的，但其中的大學生活卻是真實的。在大學任教超過三十年，對大學生心態和校園生活熟悉不過，所以四篇都以此為題材。任教的學系師生關係密切，學生歸屬和投入感強，這些都在篇章中反映出來，其中以〈春暖就花開〉一篇最為明顯。

其餘三篇都是年輕人可能會面對的問題：「求學」、「戀愛」、「抑鬱」，都以「由困惑到解決」的結構敘述，希望給讀者一些自我檢視和尋找出路的啟示，並能建立正面的人生價值。故事中順便記錄了香港一些情景，如街道、本土文化等，但當然這個野心太大，只能蜻蜓點水。

我的篇章偏短，筆觸淡然，波瀾不興，也要枯腸搜遍。想起幾位已是暢銷書作者的舊生，他們一本一本的創作，書，是十幾萬、幾十萬字的；情節，是起伏跌宕的，如何煉成？發憤忘食、忘睡、忘休的筆耕光陰花了幾何？還有家庭責任，和那嗷嗷待哺的小孩，別說要應付工作和上司的要求了。

他們，還有其他不少出色的畢業生，是同事和我引以為傲的教學成果。

賴蘭香

【作者序三】

以情連結，傳承感動

物轉星移，人會變，事會變，情也會變。尤其歷經疫後重生世界動盪的今刻，我更學懂珍惜每個機會，尤其只要有用得着我文字之處，我都欣然參與，樂見其成。

投身創作十七年間，我寫過三十多本小説，除個人著作外，有初出茅廬聯袂青年作者寫接龍小説，有跟同為編輯的師妹寫職場趣聞，也曾受已故倪匡前輩的號召參加一個慈善項目選取他筆下非人協會故事主角續寫，當然説到感受最深，莫過於婚前婚後跟另一半合寫的愛情故事。

與上面所經歷的創作不同，這次的合著出版，出版方針是「用最大的熱情和力度，任性任情地去寫一本向青少年述説成長必須知道的故事」，志切要感動讀者，喚醒良知。這是過往我未寫過的類型，挑戰度滿分。

書中十八篇故事，我參與其中四篇，以「傳承」作為點題，以「情」連結全書，我所書寫的，都是取材自我身邊的真實故事。坦言在感動讀者之前，我先被故事所感動，事實難得透過書寫，我靜下來回想昔日種種，這或者是參與這次

「香港作家巡禮」最意想不到的得着。

說到這次出版，原為無心插柳之舉，得悉有機會跟授業恩師、同系師弟合著一書，意義非凡，機會難逢，這也是一種師生緣分。不知道手執這本書的你，可會跟我們因文字結下情緣？書中的故事又會否勾起你相近的回憶？

最後，透過故事希望你會欣賞到驚悚以外的另一個畢名，或者有天我們在某個場合見面，你也會欣然告訴我一個關於你的成長經歷。

畢名

【作者序四】

談事說書，在情在理

本書收錄了不同作者撰作的短篇故事或人生隨筆，各篇的內容雖然題材迥異，篇與篇之間沒有明顯鈎連，然而這些篇章都離不開對個人遭遇或人生課題的多方回溯和細審深思。各式各樣的情緒流動於多樣的人際交往，事件經歷或學習體驗之中，同時，作者也往往藉敍事述情，帶出值得思考的道理。篇章所蘊含的感情和道理不一定能啟發成長，但希望各適其適的故事，能在讀者的心田激起小小的漣漪，讓讀者由此而產生尋根究底的好奇心，引發思考，投入探索。

自己所寫的六篇隨筆，大都提及書本或書本的內容，但那並不是因為我喜歡寫讀書報告，而是因為書，對我的生命就是有這個份量。在不同的人生階段，不同的書，豐富了我的認知，擴闊了我的視野，也令我反思了個人的價值觀，書本可說是我成長的標誌，所以無論是記述歷久常新的人生片段，抑或説明影響深遠的個人體會，也會不期然將「相關」的書本寫了進去。這些書，有時是個人成長的契機，有時是讓自己認識新事物或新道理的關鍵，而更多的時候，這些書與其他自己最喜愛的對象一樣（例如貓），純粹是令人愉悅的同伴。為其如此，希望大家不會被這種篇章「勸退」，讓篇章的文字有機會帶領你觀察反思，各自體悟。

本書中的各個作者，其實都因香港城市大學而相識。賴蘭香老師是我以前的上司和同事，李子謙博士、畢名先生以及此書特約編輯都是以前的學生。歲月如梭，人事幾番，難得還可以聚首於此，通過不同人生片段或短篇故事的陳述，談情説理。雖然自己所寫的篇章，只有一篇關涉城大，但寫作時，往日與同事或學生相處的情境，不期然浮現眼前，片段零碎，卻深刻非常。

巢立仁

【目 錄】

I. 一念　李子謙

II. 感知　賴蘭香

III. 傳承　　畢名

IV. 情理　　巢立仁

執於一念，將受困於一念，

一念放下，會自在於心間。

—— 釋弘一

I. 一念

李子謙

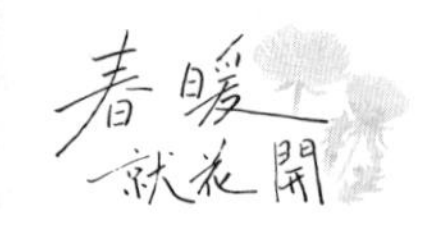

曲徑

這年大學語言學系的校友年度除夕聚會，在尖沙咀一間私人會所舉行。屈指算來，聚會已經停辦了三年，大家好不容易才等到疫情過去，政府不再限聚，可以安心脫下口罩，敍舊共歡。

鄭博士還沒到五時就來到會所，連發起這場聚會的舊生也沒他來得那麼早。他一個人倚傍着落地玻璃，望着對岸中環和灣仔高廈林立的景色，若有所思。鄭博士天生一副「撲克臉」，平日較為嚴肅拘謹，不苟言笑，但他內心深處十分期待這個聚會。明明聚會在除夕夜舉行，他居然提早在十二月中便搭乘飛機回港。

舊生淑樺怕他無聊，再三叮囑他聚會「七時恭候，八時半入席」，他在八時才出現也無妨。然而，他還是早早來到了。離開香港良久，他真的很想知道睽違三年的舊生在疫下是否無恙，尤其那個他向來最欣賞、最記掛的高徒秀穎，到底近況如何。

聚會參與者共有三位語言學系的老師和十五個舊生，相較疫情來襲前的一次，還多了三個人，其中有四個參與者跟鄭博士同樣是從外國回來參加。畢業多年仍然有這樣的陣容，不得不謂難能可貴。

一段時間沒有聚頭，加上新一年將至，大家心情自然大好，全晚眾聲喧嘩，觥籌交錯。人人都恨不得把三年來經歷過的大小事悉數分享。那些有關搶購口罩廁紙、被困在竹篙灣、在隔離酒店發呆、家人相繼染疫、舉家移民、每月吃餞行飯的經歷，説起來都笑中有淚。

宴會間唯獨鄭博士發言不多，木無表情，但一直在細心聆聽，這其實相當合乎他一貫的人物設定── 擔當聆聽者的角色。他由衷為眾人平安無恙而感到高興，也為眾人與自己這幾年的經歷不勝欷歔。

隨着聚會氣氛越來越熱鬧，時間也越來越晚，鄭博士越發感到擔憂，因為昔日與他感情要好的秀穎始終未見蹤影。

快將午夜，眾人仍未有散場離去的意欲，而秀穎也始終沒有現身。鄭博士忍不住開口詢問坐在旁邊的天怡和淑樺。

「秀穎嘛……她當主播的工作很忙碌，新聞台突然要她在今晚主持直播，她昨晚不好意思地告訴我們無法抽身前來……對對對！她説過稍後會到列治文拜候老師您，問好順道謝罪。」

「她真是一個鐵人，除了當主播，每星期也會到大學當客席講師，聽説也不時發表研究。」

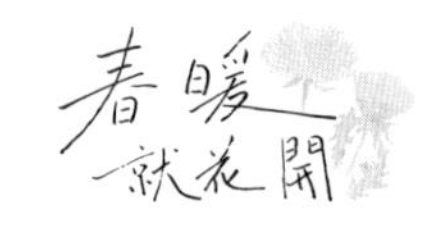

帶着醉意的天怡和淑樺你一句我一句説過不停。鄭博士沒有再接上話，面部表情雖然也沒有即時變化，但心裏卻踏實多了，想着：「秀穎的才華終於有人賞識，太好了！」

鄭博士從來都很欣賞秀穎的才華，又總是為她的前途感到擔憂。秀穎在大學時期的志願其實並不是成為記者或主播，而是成為一位學者，矢志憑着自己的研究，貢獻社會。

鄭博士在十多年前認識秀穎，當時他在大學擔任講師，秀穎是他的學生，才剛二十出頭。秀穎每次都穿着熨得筆直的套裝出現，相當注重自己的學術形象。與課堂裏其他穿着隨便，一身拖鞋、T 恤、牛仔褲的同學相映成趣，這身打扮吸引了鄭博士的注意。

秀穎出身傳統名校，自小勤學，學術根基扎實，中英俱佳，出口成文，每次簡報自己的研究課題，都一副胸有成竹的樣子。為了成為出色的學者，秀穎在大學二年級已開始跟隨不同教授參與學術研討會，甚至多次發表論文，其涉獵範疇極廣，文學、語法學、語用學、哲學都是她的興趣所在，她上進與積極的程度，有時甚至令手執教鞭多年的鄭博士暗自慚愧。

可惜，成人的世界從來沒有「一分耕耘一分收穫」如此童話化的事。秀穎的學術路並不平坦，也沒有像勵志故事般一帆風順。秀穎畢業時，金融海嘯剛過，本地研究學位短缺，她無法考上心儀的全日制哲學碩士，只能以高昂的學費修讀文學碩士。

在秀穎眼中，兩種碩士學位有一點點分別，前者以研究為主，給有志投身研究的人報讀，是修讀博士的重要一步；後者則以上課讀書汲取學術深入知識為主，研究色彩未算濃厚，學生多為在職進修的人士，畢業生甚少會獲博士課程直接取錄。醉心於學的秀穎決定先完成文學碩士學位，畢業後再報讀哲學碩士，「畢竟人生那麼長，一兩年算不上什麼吧！」

她一邊修讀文學碩士，一邊在大學擔任薪水微薄的研究助理工作，以應付高昂的學費和生活費，過得清苦，但無損意志。家人對秀穎的決定卻不以為然，「不切實際！浪費生命！」平白無事也找機會指責她，試圖迫她面對現實，「正正經經找個人嫁吧！女孩子讀那麼多書做什麼？」秀穎不甘心，一邊忍受來自家人的冷言冷語，一邊咬緊牙關讀書、兼職，最終以優異成績畢業，成功考上她心心念念的哲學碩士。鄭博士偶然會跟她到大學的餐廳用膳，聽她訴苦，對這位愛徒的遭際憐惜得很。

然而，入讀哲學碩士後，秀穎仍舊不快樂。一來家人無法忍受她一再放棄就業，辱罵、嘲弄之聲變本加厲，左一句

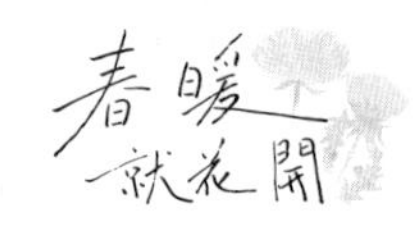

「食塞米」，右一句「不孝」叫她飽受精神壓力，與家人的關係日差；二來學術路本來並不易走，能否成為成功學者，除了關乎個人學養外，還有「際遇」這種不可抗力的事在左右着。秀穎雖然努力進行研究，但在學院或學界得到的機會不多。

快近畢業時，秀穎又再相約鄭博士吃飯，談及前途，堅毅不屈的她也悲從中來，質疑自己根本沒有才華，不適合從事研究，疑惑自己是否應該再攻讀博士，固執下去，前路茫茫，不知如何是好。

鄭博士是過來人，當然明白她的痛苦，心裏也為她着急，但也只能聽她訴苦，加以勉勵：「日後你是否從事語言學研究並不重要，不必介懷能否成為學者，只要記住貢獻社會的初心，並找到能夠發揮你才華的工作，我會以你為榮。」

後來鄭博士轉了學校，新校事忙，加上兒子初生，與秀穎不常聯絡。輾轉得知她後來沒有升讀博士，反而被大學新聞學系破格取錄修讀碩士，轉換了跑道。

鄭博士初時仍然擔憂，為什麼一心想做學問的秀穎會轉讀新聞？後來一轉念，新聞工作者重視操守，與學者一樣是講求誠信的行業；新聞工作者需要優秀的雙語和分析能力，秀穎本人的能力之佳，是毫無疑問的；更重要的是，新聞工作者需要耐性，這更加是秀穎的強項。於是鄭博士也漸漸放下心來，明白她為何有轉讀新聞系的決定。她不是放棄自己的志向，只是適時調整，走一條適合自己走下去的路。

疫情初期，鄭博士移居他鄉，在當地的大學教書，一別快近三年。人在異鄉，生活殊不容易，難免時常質疑當時的決定是對是錯，自己能否支撐下去，花了很大氣力，才勉強站穩。他與秀穎以至大部分舊生都近乎斷了聯絡。當舊生淑樺傳來訊息説舊生聚會將會復辦，邀請他出席時，他簡直歡喜若狂，急不及待訂機票回來。

如今聽到秀穎新聞學碩士畢業後終於當上了主播，還能如願在大學教書和做研究，對社會有更多貢獻，超額完成少年夢，鄭博士心裏着實高興。然而，鄭博士何嘗不也受到她的故事鼓舞？得到勇氣好好堅持下去，在異鄉繼續努力生活。

窗外突然傳來「轟隆」聲響，黑不溜秋的天空突然變得光亮耀眼，原來是維港的除夕煙花匯演正式開始，新的一年來臨了。

聚會眾人紛紛挨近落地玻璃窗，看着璀璨的煙花入神，如醉如癡。鄭博士不改作風，繼續一個人站在燈火闌珊處，他無意注視窗外的一時璀璨，只把目光放在新聞台的直播節目中，看見秀穎自信滿滿地播報新年喜訊。

出口

如今記得小晴的人應該不多吧，但若回到十五年前，小晴可是網上討論區的熱搜人物，是網民評頭品足、表達愛慕、羨慕、妒忌、恨的對象，曾經被封為「神劇女神」、「都市驚喜」、「電視台大發現」。

小晴以前是一個電視台演員，演過幾部劇集，雖然談不上大紅大紫，但也引起過不少關注，當過不少產品的代言人，拍過十多個平面、電視廣告。只是，後來她毅然脫去紫醉金迷，離開電視台。

小鄧與小晴在一個聯校歌唱比賽中結緣。那年兩人不約而同選唱了同一位歌手的歌，因此打開了話匣子，交換了聯絡方法，從此常常相約吃飯、唱卡啦 OK 和逛商場。

中學畢業後，小鄧考上大學教師課程，四年後成為中學老師。至於考不上大學的小晴，有一次在百貨公司門外被星探相中，獲推薦加入電視台的訓練班，踏上銀色旅途。兩人走上不同的路，工作毫不相干，作息時間顛倒，感情卻依然要好，不時互相問候，訴說生活的喜與樂，一到春天就到離島踏青，一到秋天就相約吃大閘蟹，珍視難能可貴的友情。

小晴「讀書不成」，只因不適應文法中學刻板的教學方式。每天被困在課室，她自覺渾身不自在。她其實是一個好奇心強、思想靈活的人，自學日語、結他、化妝、甚至修理水喉都難不到她。若論學習能力和生活技能，她肯定較很多「死讀書、讀死書、讀書死」的書呆子更好。

她進入電視台成為演員亦然，從第一天開始就努力學習不同的演戲方法和説話技巧——可惜俗人皆以為她只是憑仗姿色，把眼光都只放在她漂亮的臉蛋和高眺的身材，沒有人在意她背後的努力，而她的演技其實一直都在進步。

小晴享受在幕前演出，代入不同角色找到成功感和趣味。可惜美麗的外表始終把她的努力一筆抹煞，她的努力沒有得到應有的認同，身為好朋友的小鄧為她不值，有時甚至會以「分身帳號」在不同討論區為小晴出頭。

樂觀積極的小晴反而沒有小鄧那麼擔心，還反過來安慰：「我早一陣子去台灣出差，在書店看到一本書説：『不患人之不己知』，我享受演戲，也感激有這樣的機會，一心只求做好。又或者可能是我做得不夠好呢！我會繼續用心鑽研演技的。況且有人誇獎我漂亮畢竟也是好事吧，女孩子誰不喜歡被人誇獎？」

三十歲後，小晴的心態有所調整，雖然還是那麼熱愛演戲，但眼見香港的演藝工業今非昔比，加上希望自己的人生

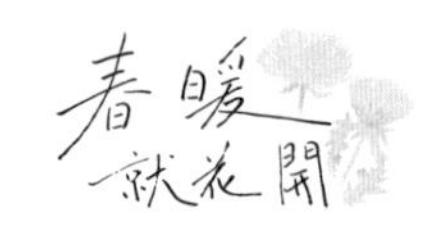

能有突破，下定決心離開電視台，淡出演藝工作。在朋友的介紹下，她投身保險業。在保險公司工作沒幾年，她已經創下不錯的成績，然而再次被人誤解她是憑着漂亮的外表而得到一張又一張的保單，卻不知道她背後付出的努力。她為了在保險界站穩陣腳，先後在晚間報讀不少課程。

「英語會話、中醫短期課程、成人數學班、短期法律證書、Excel 班、還有心理學，天啊！你怎麼還有那麼多精力學那麼多東西？保險公司有那麼多要求嗎？」有次吃大閘蟹時，小鄧一邊咬着蟹腳，一邊驚訝地發問。小晴一臉嚴肅地回答：「我學歷不夠高，不是大學生，保險業始終是一門專業，我必須好好裝備自己，比別人付出得多，才可以讓別人對我有信心，不會讓人瞧不起。再者，我不想在信任我的人需要我時，無法提供援助。樣子好看在這行業多少有點優勢，但如果我不專業，怎可能長期維持下去？」

小晴自從高考滑鐵盧後，內心深處一直介意自己不是大學生，產生了不必要的自卑感，覺得自己沒有亮眼的學歷，唯有加倍專注做事和用功求知，以期彌補。好幾次她都認真地對小鄧說：「你們這些大學生真的很不了起！我就及不上了。」

小鄧與小晴結交多年，熟知她的為人和經歷，當然不以為然，小晴對工作的認真以及學習動機之強，也足以令不少大學生汗顏。她多次安慰：「晴，態度決定一個人的高度，你現在已經有大東山那麼高了！學歷不代表一切，你就不要貶低自己了！有些人看似有亮眼的學歷，但卻是高分低能啊！」這些安慰對小晴一般沒有效用，猶幸小晴為人正面、積極，她心裏只想着自我突破，將勤補「拙」，不會鑽死胡同。

又過幾年，小晴的保險事業如日方中，小鄧並不清楚保險業界的生態，但一聽到小晴獲邀加入百萬圓桌協會、繼而成為 COT（超級會員）等好消息，就知道自己的好友殊不簡單。如今的小晴亦是兩子之母，勤於進修的她再一次讓人驚歎。她為了成為稱職的母親，先後又去報讀烹飪班、縫紉班、駕駛課程、幼兒心理學課程、營養課程，還學了瑜伽、騎單車，一貫地孜孜不倦。「事事都學會了，就可以妥善照顧孩子。我不能只依賴家傭，我才是他們的母親啊！」

不過，那句「我不是大學生，不如大學生能幹！」她仍會掛在嘴邊。

有一晚，小鄧的丈夫突然心臟不適，小鄧方寸大亂，不知所措，只想到打給小晴求救。

小晴接到小鄧電話後，臨危不亂，迅速聯絡專科醫生，為小晴安排好車，準備好保險公司需要的表格，更在電話中安撫小鄧。不消二十分鐘，小鄧的丈夫順利得到治療，而小晴也趕到醫院處理保險和入院手續那些煩人的工作，減輕小鄧的擔憂。

「如果沒有你，我可能會方寸大亂，無法冷靜處理這些事情，幸好有你。」小鄧由衷地說：「你老是說你不及大學生，看看我這個大學生在危急事情面前這麼無助，而你卻那麼從容，指揮若定，你還覺得自己不如大學生嗎？」小晴嫣然一笑，小鄧無法確定她是終於開悟，認同自己的讚許，還是純粹為順利協助朋友處理危急事件而感到愜意。

「我有個朋友，雖然沒讀過大學，但卻做過明星，後來轉了人生軌道，也一樣在自己專業中闖出成績。人長得漂亮，卻偏偏不喜歡靠臉。她敬業樂業，自強不息，努力學這樣學那樣，事事要做到最好。雖然她好像一直自討苦吃，但世界正因為有這種人才那麼可愛。我希望同學以她為榜樣。」

每逢需要鼓勵學生時，小鄧都會說出這番話。一說到小晴，小鄧總會嘴角向上，以這位好友為榮。

回頭

九月一日開學日，一臉靦腆的吳守義穿上新訂製的校服，揹負沉甸甸的書包，戰戰兢兢地走在前往學校的小路上，準備開展他的中三生活，亦是他闊別了三年的中學生活。

初中的學生「有眼不識泰山」，才短短十分鐘的路程，已經有幾個呆頭呆腦的小男生和小女生在旁竊竊私語，互相打探哪裏來的帥氣師兄。中五以上的師兄師姐則不然，他們一見到吳守義，先是愕然，然後避之則吉。在商會中學有一定年資的，怎會不記得赫赫有名的「恐怖分子」吳守義？

誠然，對於師長來説，昔日的吳守義的確「戰鬥力」強橫，聽到他的大名，訓導老師無不搖頭歎息，他亦教新紮老師聞風喪膽，求神拜佛不需要到他的班上代課。許多學生求學生涯不敢做的事，包括打架、在校內廁所吸煙、逃學、大聲地粗言穢語、身穿校服在網吧流連、吃完早餐才施施然回校致嚴重遲到，對他來説統統只算小兒科，因此，訓導室和留堂室成為他在學校最熟悉的地方。

他的行為在老師眼中雖然也屬「大奸大惡」之列，但在區內第三級別的學校來説，還罪不至死，談不上要趕出校，直至他在中二時把「行動升級」，成為學校容不下的「恐怖分子」，校長終於下了逐客令。

那年，誤交損友的他染上毒癮，終日與幻覺為伴，與現實世界漸行漸遠，與學校亦大有不相往還之勢。有次心地善良的女班長，見到守義睡在屋邨球場的長椅上，狀態迷幻，遂上前關心，話到激動時，痛罵守義為何不自愛至此。

迷迷糊糊的守義內心不悅，豈容別人多管閒事，一派理直氣壯地説：「關你鬼事咩？聞一聞醒腦提神，索一索舒筋活絡呀！」大有古人何晏説「服五石散，非唯治病，亦覺神明開朗」的氣勢。女班長撫膺歎息，無可奈何，自覺沒趣，轉身別去。

自此，班上再沒有同學見過守義，這個人在大家的世界失去了蹤影，直到有日校內廣泛流傳他被法官判去戒毒所服刑的消息。

走到被拘捕判刑的地步，吳守義終於懂得恐懼和懊悔，他不時想起母親多年來在地盤工作獨力養育哥哥和自己的畫面。而自己竟然如此不知自愛，沉淪毒海，每日在球場放風時，都望着天空難過地抽泣。就算烈日當空，方圓萬里沒有半片雲，他還是覺得天空很灰黑。有時傷心到盡處，他甚至會把同房的學員吵醒，有些善良的學員會特意過來安慰他，這時他才體會到友伴支持的重要。

吳守義在戒毒所中培養了信仰，漸漸脫胎換骨，下定決心改過。不再凶神惡煞，面相因而變得和善多了，少了「恐佈分子」時期的戾氣。作息定時，規矩過活，也不再肥腫難分，五官重現，漸漸俊朗起來。

吳守義的轉變獲戒毒所上下一致稱讚，每逢有政府高官或社會賢達來訪，均由吳守義接待貴賓，堪稱其他學員的楷模。

有一天，一位政府高官巡視戒毒所，見到眼前的吳守義舉止有禮，談吐清晰，善意地詢問吳守義有何打算。

有何打算？這樣的問題讓守義始料不及，他眼泛淚光回答：「我學識不多，很渴望可以重返校園，多讀一點書。」守義本來不存希望，覺得這不過是高官的親善客套話吧！怎麼可能會讓他離開戒毒所，回校讀書？只是，不消多久，守義真的接到母校商會中學願意讓他回校讀書的好消息。

重返校園，吳守義一則以喜，一則以懼。殘酷的世界居然給他第二次機會，讓他如願以償回校讀書，可以重新做人，可以讓母親安心，這可是天大的喜訊。

然而，願望成真背後卻是重重壓力，守義自覺過去蹉跎了多年光陰，腹裏根本沒有半點墨水，重新穿起校服，還要直接升上中三，是否真能應付？自己曾經是學校內共知的「恐

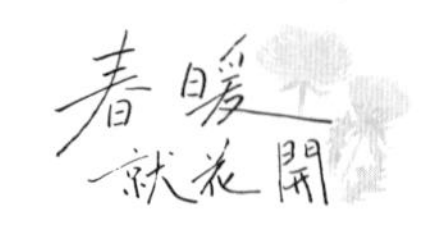

怖分子」，在老師和同學面前，會不會再無法抬頭做人？應該會有不少流言蜚語吧！人言可畏，自己是否承受得了？不過，一想到自己難得還有機會，怎麼可以輕言退縮放棄？他硬着頭皮，咬緊牙關去面對。

開學的第一個月，守義確實不大適應，心事萬重，小息午膳也只會自己坐在一隅。他自知過去劣跡斑斑，心中有愧，不敢找老師傾訴。班上的同學年齡都比他小，也無法理解他的苦惱。吳守義感慨原來自己沒有半個可以分享感受的同輩，可幸也沒有半個同學取笑他的過去。

讀書方面，中國語文科是母語還可以，他小學時英文根基也不錯，總算跟得上，但數學真的落後了，什麼不等式、演繹幾何，顯然是外星語言，他的學習之路因而舉步維艱。

但他再沒有退路了，唯有每天滿懷心事地上學和放學。

過了一個月，幾位早年曾經教過吳守義的老師察覺他的情緒，主動給予關心和援助，細心聆聽他心裏的鬱結，讓吳守義的心裏話終於有了宣泄的渠道。當年那位關心他卻被痛罵的女班長，也念在同窗之情，再次伸出友誼之手，每天午膳為他補習數學，陪他打康樂棋。得到師長和同輩的關心，吳守義漸漸變得正面。

有一晚他在家寫功課，第一次在不靠別人幫助的情況下順利完成數學習題。他當下心情無比暢快，覺得自己並非一無是處，也非不適合學習。他像被蘋果跌下擊中頭顱般忽然有所感悟：自己雖然根基不好，但現在由零開始，反而輕易獲得成功感，只要有少許成果便會有動力，以後就一點點收復失地吧。

他不再認定自己做不來，開始產生自信。

剛從大學轉到中學教書，一臉高傲的文老師，擔任吳守義的班主任，時常在課上讚賞吳守義的成績和人品。文老師不時會相約守義和一兩位談得來的同學一起到學校旁邊的咖啡室喝凍咖啡和吃西多士，分享遊歷世界的見聞，聊聊大家的心事，與平時在課上黑着臉孔的形象大相逕庭。

面對文老師的賞識與關愛，守義深感奇怪。

有次文老師又當着全班讚賞吳守義，下課後，守義終於忍不住問文老師：「老師你經常讚我，又對我那麼好，是不是因為可憐我的過去？」文老師聽到後，大感詫異：「你有什麼過去？我又不是鐵板神算，怎麼知道發生過什麼事？有發生過什麼事嗎？」

守義默然把自己的過去和盤托出。「我以為老師你是可憐我，或是欣賞我改過自新，才刻意讚我、對我好。」吳守義戰戰兢兢地說。文老師笑說：「別開玩笑！我不知道你的過去，我欣賞你或對你好，純粹因為你表現好，值得老師欣賞和尊重。我也經常在教員室聽到其他老師讚賞你，不只我一個老師欣賞你的表現。我絕對沒有可憐你，你實在想多

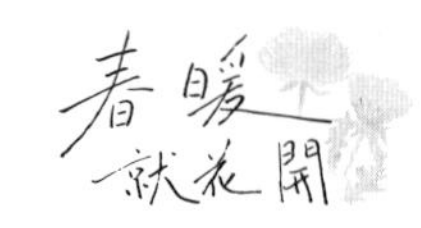

了！」吳守義低下頭，相當感動，一方面感激老師對自己的好，另一方面為自己的新生得到肯定而感觸。文老師見狀，續說：「再說，黃金無足色，白璧有微瑕，每個人都有缺點和過去。我覺得最可貴的，不是不去犯錯，而是錯後懂得改過。」吳守義拭去眼淚，挺直腰板，呼一口氣：「我知道了，我以後一定會做到最好。」

中三那一年，吳守義的表現贏盡全校掌聲，每次測考的成績名列三甲，參加球類和康樂棋比賽又屢次奪標，還成為了領袖生。他外表俊朗，又常在校内活動自彈自唱，在同輩間光芒四射。每當提起吳守義，老師無不讚賞。

吳守義的母親在家長日接到成績表時，泣不成聲，連番多謝學校和老師給予兒子重生機會，也欣慰愛兒沉淪毒海後得以重新站起來。

時隔十多年，吳守義已經不再是中學生。現在的他，算不上名成利就，但總算大學畢業，受聘於外國的建築公司，當起工程師來，平穩而積極地生活下去。他努力供養母親，讓她過着衣食無憂的日子，幸福快樂。母子倆時常到公園野餐，躺下觀望寬闊無垠的晴空，覺得天空又大又美。

吳守義雖然曾經迷途，還鑄成大錯，但憑着自己的一念，克服障礙，為自己和母親贏回快樂的人生。

我執

治平抱着呱呱墜地的初生女兒，沉浸在新生命帶來的喜悅時，突然收到學姐善慧傳來短訊，告知孔老師已經撒手塵寰，在醫院病逝。

治平頓感心如刀割，沒想到孔老師那麼年輕便過身，明明早一陣子才在快餐店偶遇，老師還説自己龍精虎猛，身體健康，更大讚治平女兒的名字「守中」改得很有水準：「有好名字，人與名相應，必是大有為之人。安心！」急不及待要與她相見，怎麼突然傳來他病重去世的噩耗？

當天晚上，天文台發出全年首個酷熱天氣警報，氣溫一度飆升至三十四度，但輾轉反側、無法入寐的治平，內心徹夜蓋覆着一陣寒意。少年時與孔老師相處的畫面不由自主地在腦海循環播放，老師溫柔富磁性的聲音、卓犖不凡的風度、親切的笑容和正氣凜然的教誨，在今晚是那麼清晰和叫人懷念。

孔老師是治平的中文老師，是他少年時的榜樣。孔老師修讀國學出身，飽讀詩書，出口成章，像極真人版的《四庫全書》，任何有關中文、中史和傳統文化的問題都難不倒他，例必能引經據典，旁徵博引，為學生詳細講解。而最為人津

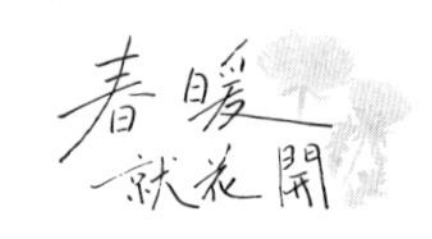

津樂道的是其為人，他是有名的正人君子，一身浩然正氣，言傳身教，薰陶不少學生。治平對孔老師仰之彌高，立志追隨老師的宏願：「把傳統中國文化的美德復興於世，讓人類世界變得更美好。」

在課餘時間，治平勤讀經史，《周易》、《論語》、《孟子》、《老子》等，無論懂或不懂，也瘋狂閱讀起來，只求將來考入老師母校的中文系，然後一路讀上碩士、博士，將來當上教授，向下一代傳道受業解惑，移風易俗，讓傳統的美德深入人心。

孔老師欣賞治平的志向，對他寵愛有加，時常鼓勵點撥，不僅指導他看一些一般學生不會看的佳作，例如牟宗三、陳鼓應先生的大作，還常常在見面或來電時贈言勉勵，鼓勵治平不要放棄，應努力自我完善，變化氣質，成為心廣體胖的君子：「不積跬步，無以至千里；不積小流，無以成江海。累積的重要性，荀子已言。」「事無不敬，敬而勿失，一切隨份，樂天知命，自有境界可言。」「理想志業不徒口說，端在實行。你有品德，天之生物，必因其材而篤，故努力自我提升，德可化人，為人模範，則此生之風景必佳。」「思想平正方可做大事，天在看你，我也在看你！好好努力。」

在大學聯招公布結果那天，治平致電給孔老師報喜，已轉到大學任教的孔老師興奮地說：「太好了！怪不得我今早想起你，原來今天是聯招公布結果的日子，我們有心靈感應呀！非常好，我以你為榮，以後定當要用功不懈，一展抱負。」

「以後定當要用功不懈，一展抱負。」這番話是治平在本科和碩士生涯的座右銘，在氣餒時必定用來自我激勵。在大學階段，每當在學習時有新發現或一知半解之處，治平都會致電或親身拜會孔老師，向老師請益，兩人基本上每星期都會見面或以電話聊天。

可惜，治平在修讀博士學位時，驚覺自己的資質有限，未必適合在學術界發展。於是在博士畢業後，留在中學任教。中學老師固然薪水高、意義大，但跟治平決心成為教授，移風易俗的志向相距甚遠，像是地球與月亮之間可望而不可即的距離。

治平大感羞慚，自覺辜負老師的期望，沒有面目見夫子，從此不敢再打擾老師，更時常幻想孔老師失望搖頭的樣子。日子久了，他連情緒也出現小問題，結果對孔老師加以迴避，有時候，在社交媒體看到孔老師的近況，或是見到有孔老師名字的學術活動海報，治平都刻意避開。孔老師最初不解治平何以與自己疏遠，還謂治平工作繁忙，後來孔老師才在舊生口中得知治平的想法。

爾後十多年間，治平只見過孔老師幾次，多數還只是偶遇。見到老師，治平神色總是一臉尷尬、不安，老師卻會充滿溫情地安慰：「偶遇更有意思，但與其說巧遇，不如說必

然。見面也好，成為師生也好。」遺憾的是治平一頭鑽入了死胡同，就算老師主動相約飲茶見面，治平也都砌詞拒絕。當然，治平沒有忘記老師的教誨，不斷勉勵自己做一個正正當當的老師，其言行也感化過不少學生，也有幸教出一些有理想志向的年輕人，但他總是自覺不濟不材，總之就是沒資格與老師見面。

孔老師走了，治平怎樣也睡不着，無論太太輕撫額頭安慰，初生女兒靜靜陪伴，思潮不斷起伏：為什麼我那麼不濟，無法實現志向報師恩？為什麼我不多拜會老師，多關心他的身體狀況？為什麼老師有事，我完全幫不上忙？他的懊悔、痛恨、埋怨，像錢塘江澎湃的潮水，一發不可收拾，千里波濤滾滾來。

無法入眠，治平打開手機，翻看跟孔老師在社交軟件的談話紀錄，追思故人。他倆對話的內容寥寥可數。唉，誰叫你自己要避開老師？唉，誰叫你不配見老師？

然而治平突然發現，原來老師曾給自己留過一段訊息，他卻從未發覺：「治平，知道你為無法實現年少志向耿耿於懷，為師一樣痛心。不要做情緒的奴隸，用清明的理性，配合道德意志，把自己重新樹立起來。還記得『血氣方剛、戒之在鬥』嗎？要有大力量，必先充實學問，要有大無畏，必先厚培德性，則可風化天下，豈止一院一系。中學教書先生很重要，傳道受業解惑都在自己一身，責任多重啊！你會做得很好！」

治平淚如雨下，像個娃兒嘩啦嘩啦地哭。他為錯過恩師給自己的訊息而哭，為恩師的勉勵而哭，為自己一向的執迷而哭。老師從來沒有怪責自己，反而加以安慰，是自卑感和慚愧之心讓自己疏遠了亦師亦友的情誼。如今想挽回補救，已是悔不當初，覆水難收。

本來，在少年時幻想的那個美好未來中，曾有過師徒坐在樹下一邊沏茶一邊談文論藝的愉快畫面，也有孔老師成為治平婚禮主家席貴賓的情景，更有孔老師抱着治平兒女大讚孺子可教的畫面，卻因為治平的執念，幻滅了種種美好，破壞了良好的師生關係，枉費了深厚的情誼，漠視了老師的感受與關心。可怒也！可怒也！

治平傷心欲絕的情緒，維持了好幾個月才平伏。直至有天，治平聽到舊生泳琳告訴自己，原來他的愛徒冠恆之所以突然失聯幾年，是因為他在大學中止學籍後，自覺無臉見恩師，因此消失在人海。聽着聽着，治平好像頓悟了什麼，也似乎有點釋懷了，這種感覺似曾相識。「我會生冠恆的氣嗎？不會！我會希望冠恆一輩子躲避我嗎？不會！」他立刻打開手機，留言給冠恆：「衰仔，為什麼那麼久也不找找老師我？無論生活順逆，都不能忘了跟你的良師益友聯絡，你不知道我關心你嗎？我們下星期約時間見個面，聊聊天吧……」

重視那些讓你感動的事。

能夠變成更好的自己，就會有更好的相遇。

——樹木希林

II. 感知

賴蘭香

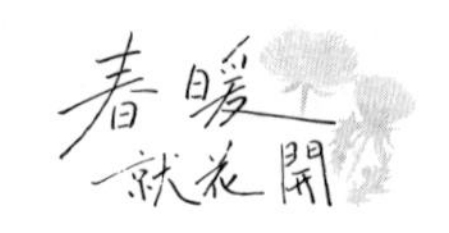

走過了陰天

「班代表要有能力，有擔當，能調停矛盾，作我們和學校之間的橋樑。」

「還要明白同學的需要，為我們傳達訴求。」

「班代表代表我們，要有良好的判斷力，不要那些滿嘴蜜糖卻不幹實事的人。」

「是，我最怕那些逢迎拍馬，滿腦私心的人。」

「凌潔雯吧！她有責任感，處事公平，做人正氣。」

「和議！她為人冷靜，做事有分寸，處變不驚，是個有擔當的人。」

又到了選班代表的日子。凌潔雯有點奇怪，為甚麼同學這樣看好她，還對提名、和議、投票的選舉程序認真起來？

初入大學時，大家都是新生，彼此無甚認識，選代表只能在半推半就下，勉強推舉了幾個表現活躍而多説話的同學，對代表要做甚麼，根本不甚了了。第二年，同學認為班代表的作用不大，對校政沒有舉足輕重的影響，便沒有心機選舉，胡亂推了幾個搞笑的同學出來便算。到了畢業年，卻忽然認真起來，是在珍惜最後的選舉機會嗎？

被提名的凌潔雯有點忐忑，班代表的工作，自己可能承擔不了，她不想再有壓力。同學看到她風平浪靜的表面，卻不知道她內心陰霾密布。

弟弟走了，她只有這個弟弟，姐弟感情很好。目睹他在病榻上掙扎、萎縮、離去，那過程，折磨弟弟，也折磨她。

活潑精靈的弟弟，常纏着她請吃請喝，説些爛笑話逗她，又要她去看他比賽。凌潔雯長成少女，覺得小弟很無聊，有時不想花時間應付他。弟弟的離去，把她帶到傷痛深淵，心像鉛塊墜下。那個把籃球挾在半腰的少年，病牀上插滿喉管的苦臉，常在腦海裏交錯出現，無法釋懷，思念、懊悔，揮之不去。

「我寧願他纏在身邊説幼稚話、做無聊事。」

「他在天堂裏找到籃球夥伴嗎？」

「我為甚麼不多去醫院陪伴他！」

「以前聽他説爛笑話、看他比賽，覺得浪費時間，以後沒有機會了。」

她本來就是一個文靜的人，現在更不想説話，同學沒有察覺出來，因為她平時就是這個樣子。波瀾不驚的表情，恬靜的眼神，掀動兩邊嘴角的淑女笑容，都一樣，還希望她選

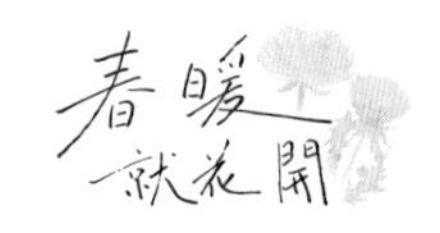

上班代表，為他們發聲呢。

她沒把弟弟的事告訴同學，因為不懂得表達傷痛，向別人講自己的痛苦又好像有點尷尬。對別人的安慰，也不知道如何面對。空洞的安慰刷不走我的哀傷，她想。

在別人面前，她如常生活和上課，一個人時，就把自己埋藏在耳機裏，讓歌曲為她裹紮哀傷。歌曲一首一首機械式地播放，她也一首一首無意識地接收，只求腦海每一寸空間都被佔據，使憂傷無立足餘地。

她不知道最後的一根稻草會幾時來，她聽過「抑鬱症」，知道這病會讓人每天活在陰霾中，過着非人生活，甚至常跟死亡擦身而過。

「我看什麼都是負面的，不停在想自己做人為什麼那麼失敗。」

「我沒有丁點兒動力，像『死蛇爛鱔』，吃東西只為了生存。我可以幾個星期不出門，癱在牀上，只想睡覺。不刷牙、不洗澡、不梳頭髮，邋邋遢遢，也不覺得什麼。」

「除了雪糕外什麼都不想吃。把雪糕一桶接一桶塞進口裏，其實是在折磨自己。吃到嘔便坐在馬桶上痛哭，也不知道自己哭什麼。」

「好怕見人，會用不同藉口來推工作，避朋友，拒絕一切問候和幫助。」

「輕生念頭不斷爬上來，在二十七樓露台下望時，好想跳下去；在拿刀子切水果時，好想向自己插去。我常常不自覺在腦海裏預演自殺的細節，好可怕！」

凌潔雯對照自己，我沒有輕生之念，沒有自我傷害，沒有暴食，但我對弟弟的思念揮之不去，我逃避談弟弟離世的事，不斷用聽歌來麻醉自己，我會走上抑鬱之路嗎？

她讀到一篇文章，從一位知名傳媒人自殺的事件談起，提到一種叫 Smiling Depression（笑臉抑鬱）的情況。

文章說，一般印象認為抑鬱者通常是愁容滿面，說話灰沉，思想負面，自我放棄。但笑臉抑鬱的人，表面上十分正常，生活正面，態度積極，熱心助人，樂於參加活動，在朋友間談笑風生，常保持強動力，旁人難以看出他內心的傷痛。

很多笑臉抑鬱者習慣助人，不願意求助，不想成為別人的負擔，當遇到大得無法承受的困難時，強撐的人反而容易折斷。面對艱難困境，笑臉抑鬱者會否認、拖延、拒絕面對，讓創傷在心裏留下印記。在重重累積下，新傷舊患、複雜情緒便湧上心頭，一發不可收拾，使他走進暗黑絕路。

凌潔雯可能是笑臉抑鬱者，幸好她對自己的情緒很在意，對把自己在痛苦漩渦中抽身出來很有意識。

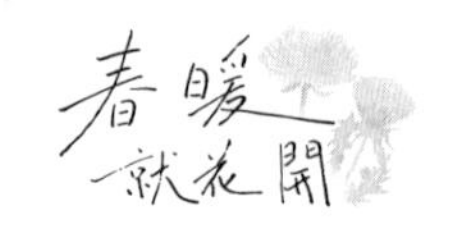

有人從運動和健身解救自己，跟那些健身機械、瑜伽地墊、跑鞋、繩子、單車的連結，重新聯繫生活，奪回自己的身心控制權。有人從郊野把黏連的情緒分解出來，在大自然的鬼斧神工、萬里藍天、朵朵白雲、綠草繁花的相伴下，把創傷封存，找回內心的平衡和生活秩序。凌潔雯就從歌曲開始，從歌詞裏，她聽到希望，得到治癒。

想得到煙花，馬上有煙花，你未看到嗎？
城堡靠想像，仍可再攀爬。
流亡荒野，眼前都有，遊園地裏，那群木馬。
置身廢城，仍可建造，人類最夢幻剎那[1]。

為何在遊蕩裏，在遊玩裏，突然便老去？
談好一個事情，可以兌現時，你又已安睡。
祈求舊人萬歲，舊情萬歲，別隨便老去。
時光這壞人，偏卻決絕如許，停留耐些也不許[2]。

影視劇都愛以人物茫然看海的鏡頭，來反照角色的心情低落。凌潔雯不浪漫，她寧願走路，寧願看街。從石硤尾走到深水埗，從油麻地走到大角咀，她想看生活和生存。舊式餅舖的摩羅酥和鷄仔餅；菜檔裏的「十蚊三份任配任搭」；

路邊攤賣破爛的老婆婆；推着嬰孩的印巴籍媽媽；邊説粗口邊罵政府的小巴大叔；亂停亂撞的送貨手推車；海味店、膠袋店、涼茶店、豆腐店、兩餸飯店、五金舖、殯儀舖、珠仔舖……看着有趣，讓她覺得自己實實在在地生存，扎扎實實地體會生活的質感。

小説《你想活出怎樣的人生？》（作者：吉野源三郎），影響宮崎駿創作動畫《蒼鷺與少年》，小説的主人公小哥伯尼正是透過觀察街上的行人，領會到每個人只是世界上其中一分子，推論出人類不應以自己為中心，而要以多角度思考問題，才是真正了不起的人。《蒼鷺與少年》傳承了小説的訊息——無論處在多麼艱困或是殘酷的境地，都要活得像個人。

在痛苦的日子裏，凌潔雯跟朋友去她教會的主日崇拜聚會。聖詩是用協韻的粵語唱的，不是「霜遞詩鎮廣」（上帝是真光）那種，還用電子琴、結他、爵士鼓來伴奏，不老土。詩歌大多是「我心困苦，我是罪人，上帝愛我、拯救我、赦免我，我蒙恩，我要感恩，我要稱頌上帝」之類內容。台上領唱的，台下參加聚會的，都表現得投入，邊唱邊拍掌，隨着拍子晃動身體，腳掌輕搖舞步，又自然地舉起雙手，像向上帝深情立志。

凌潔雯沒很用心聽道，也不懂唱那些詩歌，但對唱詩的

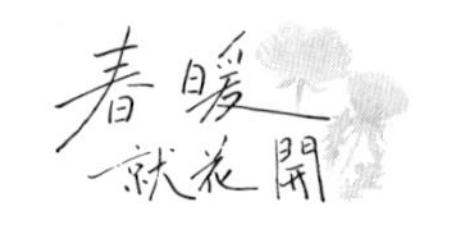

部分很感興趣。詩班的和諧歌聲，像群天使給她唱歌；會眾的投入，像上帝顯示他的存在，讓她跟自己連結。

連結是很重要的，她想，她要讓自己看見別人，也讓別人看見自己。她經歷過彷彿停頓，彷彿凍結在時空中的人生，因無法應付傷痛，很長時間仍無法提起弟弟的事。但她知道，若關上與人連繫的一扇門，就有踏上抑鬱的黑暗境地的危機。

她把自己重新連結在那些跟同學在飯堂裏胡扯瞎說的光景，同學之間互相嬉鬧調笑，讓她暫時忘憂。講的都是無聊說話，笑話也很爛。「何以解憂，惟有惠康！」「頹飯幾時有？把酒問 canteen ！」之類，扭笑一團，無傷大雅，在東聊西說中滋長了友誼。這是讓她安心的舒適圈，像得到從哀傷密室中逃走出來的鑰匙。

凌潔雯曾經踏入了漫長而黑暗的哀傷期，但她按自己的步伐療傷。曾經以為沒有盡頭的隧道，最終會走出來的。哀傷不會完結，哀傷永遠都在，但慢慢會找到一個安放它的位置，可能是音樂，可能是運動，可能是宗教，可能是觀察，可能是連結。讓哀傷獨佔一角，不再成為人生的全部，嘗試與它共處，跟它一同生活，但不受它打擾。

自我療癒的路，儘管腳步緩慢而無聲，凌潔雯的堅持，讓她結結實實地走過了。

註釋：

1. 張敬軒：〈隱形遊樂場〉
2. 張敬軒：〈青春常駐〉

春暖就花開

前兩天還是十七度，乾爽乾爽的，今天溫度升了，黏黏糯糯，整個空間像讓過多的水氣包裹着。坐在書桌前的何嘉雯，心也是潮潮濕濕的，像窗外扭不乾的天氣。畢業了，怎麼走？升學，去了外國不回頭？找工作，難道要去大灣區其他城市？心有點煩。我們的春天有時很惱人，時冷時暖，時乾時濕，就看陸地和海上吹來什麼風。什麼「香港的春季天氣溫暖宜人，適合外出活動，到處可以欣賞到各種繽紛盛開的花朵」，這是官方年報和旅遊推廣刊物的開場套語吧？繽紛花朵倒是有的，送走了陪伴考試的杜鵑，迎來招展的洋紫荊和藍花楹，接着就是鳳凰木的英姿。

何嘉雯無心於春花，心思都落在編輯畢業紀念冊上。學系師生關係密切，同學投入感高，不消幾天，資料已收齊，真摯的感言，叫她的排版責任特別有負擔。CorelDRAW ？InDesign ？還是 Word ？她記得自己和許多同學本來不諳電腦技術，入讀學系後給一步步迫了出來。畢業習作迫使大家硬着頭皮，跌跌撞撞地排出了一本一本毫不失禮的雜誌式刊物來。跟組員一起計劃、跑地方、寫稿的過程，讓他們長了不少知識，認識香港許多橫切面、直切面，學會面對和解決困難，還有在跟組員合作和互動中逐漸滋長的友誼。

組員陳明儀的來電中斷了思緒。「你有看新聞嗎，壞消息！學校要殺掉學系，我們是最後一屆了！」太突然，原來我們編的是一本殺系紀念冊、畢業生終章，消息是真的嗎？

「跟管老師 Fact check 了，老師們都是從報紙裏看到的，之前沒有通知，也沒有諮詢，大家都愕然得反應不過來。管老師很心痛，沒想到課程突然被死亡。説着説着就哭了起來。」

管老師姓管，卻不管學生，對他們總是愛護有加，學生對她又敬又愛。其實在學習歷程上，何嘉雯和她的同學，遇上又敬又愛的好老師又何止一位。那些風格不同，人生哲學各異的老師，都盡心教學，把學問傾囊相授，課後跟他們研磨思想，探討人生。同學都知道，他們受到的培育，不止於教室，也在課堂之外；不在一位老師，而在一個多元的團隊和文化組合。

老師當年開創課程的熱忱，到現在眼睜睜看着課程被死亡的傷痛，那是大坑西村老店被拆卸的情境嗎？「那一年那一天，親自按下燈掣啟亮招牌，這一年這一天，親自按下燈掣關熄招牌。也親眼目睹招牌彼時之掛起和今夕的拆下……感受到它在明亮前和熄滅後的冰冷[1]。」

「學系被殺，是因沒有學生嗎？是因教學質素不佳嗎？是因課程已不合時宜嗎？是因財政不繼嗎？都不是。若是自然死亡，可以接受，但人為地強行處決，置教師和學生不顧，實在太粗暴、太不尊重！」話筒裏傳來陳明儀的激動。

何嘉雯想起課上老師介紹過龍應台一篇文章，寫廣州之行，跟我們當下的情況有點相似：

> 為了求效率…… 總是採取最劇烈的開刀方式，對準老城區一刀切下，開腸破肚…… 看見的，多半是削了一半的紅磚老樓，拆得殘垣斷壁的庭院，半截橫樑，幾根危柱，滿地狼藉，有如未清理過的帶血跡的手術現場，巨大的「拆」字像秘密判決一樣，噴在牆頭[2]。

「消失」原本是無聲無息的，發聲就像海水「哇啦哇啦」的，讓「消失」變得響亮起來。她和陳明儀倆不願意讓美好的事物無聲無息地湮沒，她們要向校方提出卑微的請求——請把學系和課程留下。切切實實寄出希望，還是以不作為來表達希望？她兩人選擇前者。好，聯絡同學，商議行動！

下午，學校飯堂，經 IG、FB、WhatsApp 傳遞訊息，十來個不同屆別的同學，匆匆趕到，帶來了憂心、歸屬、敬愛、救亡，在西多士和茶啡的氣味中氤氳。

「學系消失了，老師不見了，我們這些畢業生還可以找誰？根都失去了，回母校還有什麼意思？」

「我們的學系、課程、畢業生在社會和職場上已建立了一定名聲，眼睜睜看着這些成為絕響？ 」

「傳承了二十年，建立了師兄弟姐妹的照應的文化，沒有間斷的師生情誼，就讓它在這個點上中斷嗎？」

「我的成就是課程給我的，當年學系沒有收留我、培育我，我什麼都不是。」

「老師對我影響很深，我仰慕他們的學問，追慕他們的生命價值。他們拖着我的手走過艱難的路。」

「好多個下午的談天，好多頓的飯聚，老師黏合了我們，連結了前後屆的畢業生。我們就像個大家庭，這家庭是我們的錨。」

「師生情，同窗誼，學問的增長，這些楷模，我複製和應用到現在的教學工作裏。」

「Final Year Project 令我得益不少，走訪深水埗的草根角落，認識了紙紮店的年輕店主，體會了上環海味店的老派情，編纂了一本引以為傲的刊物，跟一群肝膽相照的組員成為好友。」

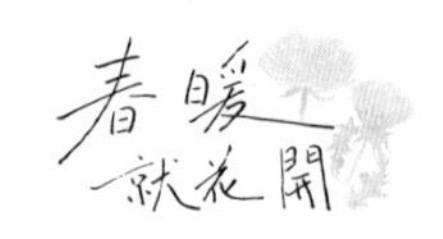

「支持老師所有行動！去跟校長説，請求他高抬貴手！」

「寫信去校董會請願！」

「呼籲歷屆畢業生聯署，在報章刊登廣告，施壓學校撤回決定！」

「拍片呼籲社會關注事件。傳遞我們卑微的願望[3]！」

同學各言己見，各抒其情，大家的想法很單純，只是飲水思源，只想保留美好的事物，都不願意一個學系、一個課程的記憶給霧化。自己走過一條春風和煦、滿眼繁花的路，不想這路給湮沒、被消失，讓後來人可以再走這條繁花似錦的路。

何嘉雯很感動，跟陳明儀成了行動組的領頭羊。她們知道這是重擔，責任不輕。開弓不一定有回頭箭，她們見過，在此起彼落的殺校潮下，起初知道學校停辦後，大家都很悲憤，都團結齊心，要出一分力。但這團火會漸漸熄滅，變為無力、失望、沮喪、死心。老師説過，對一家、一校、一城，若當事人發覺自己無份參與其中的歷史進程，就會失去信心，感到失望，走向絕緣，然後離隊。而曾經關注事件的社會，也只剩下空洞的回音，甚至變成責怪學生莽撞躁動，破壞秩序。

這股黏合二十年的感情，飲水思源的歸屬，保留美好事物的投入，單純的信念，成為她倆和大夥走下去的動力。

離展開行動還有段距離，成功與否仍是未知之數，在黏濕的天氣下，何嘉雯看到了春暖花開，對早上思考畢業出路的疑惑有了決定。明天就去拿教育文憑課程申請表，把春暖花開的故事延續下去。

註釋：

1. 馬家輝：〈霓虹眼鏡的背後〉，《明報》「時代版」，2024年3月5日。

2. 龍應台：〈我就這樣認識了廣州〉，《請用文明來説服我》，香港：天地圖書，2006。

3. 2023年9月15日，辦學團體道明會宣布，由於收生不足及財政等因素，決定停辦具有六十四年歷史的玫瑰崗中學。10月11日，四十九名學生拍了一段名為「請讓我們相信希望—致特首李家超先生的信」的影片，上載YouTube。片中學生代表説：「玫瑰崗就好似我哋第二個屋企。」懇請政府為四百多名中學生提供新校舍。全體同學在影片結束時，一同高呼「Please help us！」

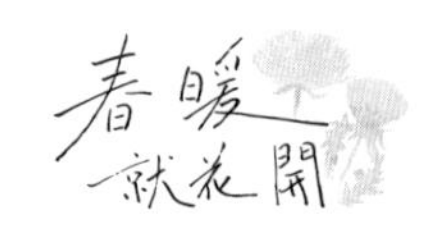

漫步求知路

拿破崙炒意粉	Napoleon fries the idea powder
夫妻肺片	Husband and wife lung slice
紅油抄手	Red oil fry hand
白灼農家菜心	Boiled cabbage farmer
四喜烤麩	Four happiness roasted husband
生雲吞一打	One dozen student wonton
净麵	Wash the face
加底	With bottom
牛百葉	Albert Yip

專業使然，黃偉恆特別留意中英對照的文句。這些令人噴飯的菜名，聊博一粲，笑過就算；但一些離奇古怪的英語標示，他想，若給誤讀，會不會出事呢？

小心墜河	Carefully fall into the river
小心滑倒	Slip and fall down carefully
有毒有害垃圾	Poisonous and evil rubbish
停車場出口	Parking export
開水房	Open water room
民族園	Racist Park
巡邏簽到處	Patrol to sign everywhere

黃偉恆是報紙國際版記者，說是記者，但其實很少像港聞版那樣要在外面跑線。國際版記者常會到外地採訪，與世界名人和各國官員打交道，確實是個誤會。他主要的工作是新聞翻譯，大部分時間留在公司內，蒐集通訊社提供的外電素材，翻譯英文稿件內容，彙編成報道。有時也會輔助「坐堂」同事「砌」新聞，他們擬定好基本新聞素材，版面同事便構思角度，整理輔助資料，訪問專家學者，加配圖表之類。

他喜歡這份工作，因為跟文字有關，這是他畢業時的志願。新聞翻譯以編譯為主，不一定全譯，匯編報道時，根據版面需要、讀者需求，選取最重要、最能引起讀者興趣的內容，就是所謂的「雙I法則」（Important，重要性；Interesting，趣味性）。

入職幾年，黃偉恆明白新聞翻譯不能創意無限，受到原文的形式和文句限制，語言之間有不同的結構和文化，常存在難以磨平的差異。新聞翻譯牽涉的不單是語文，還有通識、觸角和文化，不像菜單和標貼那樣，可以隨意地自把自為。翻譯過程中會遇到大量新聞專用語、術語、套語，不能任意改動和創作，其中有一定規範，或約定俗成。幾年下來，他已累積了很多新聞常用套語，手到拿來，也不用翻查什麼手冊了。像：

歐盟	European Union
亞太經濟合作會議	Asia-Pacific Economic Cooperation (APEC)
標準普爾	Standard and Poor's (S&P)
上升	Rise
跳升	Jump
急漲	Surge
攀升	Climb
反彈	Rebound
下降	Drop
猛跌	Plunge
急跌	Tumble
下滑	Slide
回落	Roll back

還有人名、地名，也不能憑個人喜好自選，Donald Trump 是「特朗普」還是「川普」；Beckham 是「碧咸」還是「貝克漢」；Kissinger 是「基辛格」還是「季辛吉」；Steve Jobs 是「喬布斯」還是「賈伯斯」；「意大利」還是「義大利」；「新西蘭」還是「紐西蘭」；「新加坡」還是「星加坡」？對這些，他毫無懸念，都知道香港的規範説法，也掌握到什麼時候可以例外。但他更想探究這些不同譯名出現的源起和競爭。

今晚他如常值夜班，下班時已挨近半夜。肚子有點餓，他通常會去茶餐廳吃餐蛋大光麵，去潮州舖吃打冷，去大排檔吃腩汁撈粗，也會外賣手推車小販上的糯米飯和裹蒸粽，甚至喝夜茶點心。很快樂，是他幹了一晚工作後的補償。但這些夜班人美好的減壓時光消失了，是戛然，還是漸漸，不曉得，反正是消失了。現在只剩便利店裏的瑞士雞髀、辣味芝士雞中翼、半熟玉子飯糰、日式醬油溏心蛋……喔，「7仔」，幸好你還在，請不要也消失。

回家已是十二時多，洗澡、看看手機、辦完雜事，上牀，一點多，已經不錯，弄不好還要趕着完成明天要交的功課，打好後天導修報告的power point。睡沒多久，又要爬起來上九時的早課。

功課？導修報告？早課？是的，黃偉恆是個記者，也是個學生，他是修讀全日制學位課程的年長學生。

副學位畢業後，因為家庭負擔，他沒有繼續升學。做了國際版幾年，對文字愈發着迷，在中、英互譯和使用中，他常有「知其然，不知其所以然」的困惑。鑽研一個新詞的翻譯，例如疫情期間常說的「Work from Home」，那是「from」，不是「at」，怎樣譯才傳神？「在家工作」？「留家工作」？「在家上班」？「留家遙距工作」？他很希望有人可以跟他討論。

那些音義俱佳的商品譯名，如「可口可樂（Coca-Cola）」、「維他命（Vitamin）」、「露華濃（Revlon）」、「席夢思（Simmons）」、「宜家（Ikea）」、「雪碧（Sprite）」、「波音（Boeing）」等，究竟有沒有翻譯方程式？有人給他指點迷津就好了。

武俠小說適合翻成英文嗎？「Legends of the Condor Heroes」、「The 18 palm attacks to defeat dragons」、「Seven Freaks of the South」、「Jianghu」，是「射雕英雄傳」、「降龍十八掌」、「江南七怪」、「江湖」的恰當翻譯嗎？他很好奇。

怎樣避免字幕的劣譯？像「You have seed, I will give you some colour to see（你有種，我要給你點顏色看看）」，「If you want money, I have none. If you want life, I have one（要錢沒錢，要命有一條）」，「If you have something to say, then say. If you have nothing to say, then go home（有事啟奏，無事退朝）」，之類，很不英語的英語。

除了「信、達、雅」，還有哪些翻譯理論、學術分析和依據？

工作強化了求知欲，他覺得自己很不足，學歷不足，專業知識不足。「學海無涯苦作舟」，他決定重返校園，彌補以前因經濟問題而無法繼續升學的遺憾，白天讀書，晚上工作，期以兩年時間，補回語文本科的學位資歷。他很希望自我增值，提升學歷，萬一傳媒環境進一步惡化時，也有條件轉跑道，讓自己的道路有更多彈性。

這份工確實給他重返校園的彈性。由於時差，國際版人員大多要輪夜班，正好給他日間上課的空間。夜間工作，白天讀書，實在辛苦。工作了一夜，睏極累極，明天還得撐着眼皮聽課；工作流程縱然十分緊湊，還要惦記着功課的死線。

同學對「天地堂」總不滿意，老說課堂之間相距幾小時，浪費光陰。但黃偉恆卻很喜歡，幾小時的空堂可以讓他去圖書館借幾本書，在網上找幾篇參考資料，開啟論文的第一段導論，跟組員商量好小組報告的大綱。他還練就了有一小時空檔，就在學生休息區的沙發上睡五十分鐘的奇技。

日夜勞動，卻從沒見他在課堂上打瞌睡，同學嘖嘖稱奇。做小組功課認真盡責，不賴皮，出好主意，還督促組員。同學悠生敬佩，跟這位「老鬼」大哥很是親熱。

老師知道這年長學生的情況，格外體諒。看他怎樣辛苦也不翹課、不遲到，功課交得又準又優，請他幫忙些什麼，摸着頭腦就把責任領去，乾脆利落，從不喊苦，都管他說是難得一見的學生典範。

失而復得的求學機會，他覺得每門課都很有趣、很新鮮，滿足了他對知識的好奇，他讀得開心。重投校園生活，他很珍惜，他喜歡老師，親近同學，投入學習，也不覺苦。壓力在，但從未想過放棄。

邊工作、邊讀書的生涯，頻撲、緊湊、高壓，兩個年頭，他堅毅地撐了過來。那些動力，來自校園生活的投入，老師和同學的肯定，自我提升的恆心，還有對追求學問的熱切。

求知的火給燃點起來，他為自己下了另一個決定——繼續升讀高等學位。堅毅而不怕苦的他，終於成為黃偉恆博士，在大學裏作育英才，延續對學問的好奇。

戀愛大過天

電視節目女主持人，名門之後，舉止溫雅，言行得體，在娛樂圈人脈廣，人緣佳，五十八歲了，仍然未婚。林惠雯覺得好奇，這位藝人十多歲時以少女歌手身份出道，樣子甜美可人，所謂「有點仙氣」，吸引不少追求者。她的前度舊愛，都高大靚仔，赫赫有名，可最終還是有花無果，白走了一場，旁人覺得可惜。

慢着，「高大靚仔」，什麼時候成為我們交男朋友的首要標準了？

「她男友很靚仔，像韓團裏的 V ！」

「那男生樣子雖不怎麼樣，但高大，身形好，整體個頭看來也算帥氣，有這樣的男友也不錯。」

「她的前度高大威猛，分手了，太可惜。若是我，會想辦法留住。拖着『型仔』男友，多有面子啊！」

林惠雯讀女校，同學圍坐聊天，都說公開試太辛苦，進大學後一定得談一場轟烈的戀愛，最好能遇上高大靚仔的男生。

「一定要是男生嗎？Tutor，甚至Professor，行不行？」冷不防有同學這樣問。

情況出格，小女孩，很天真，沒想過，只有睿智的姚子涵回應：「崇拜、仰慕、愛慕、愛、喜歡、好感，對象、層次和性質都不同，混淆了就麻煩。」

林惠雯進大學時參加迎新營，但不是「大O」（學生會迎新營）。在「大O」裏有機會認識其他院系的同學，人脈和眼界會更廣，但她怕人多口雜，寧願跟興趣相近的同科同學相交。她參加「細O」（學院/學系迎新營），師兄組長後來成為她男朋友。

師兄組長克盡己職，照顧組員很是貼心，攫取了她的好感。其實，迎新營也好，交流團也好，少男少女幾天緊密共處，與世隔絕，很容易產生感情錯覺，之後有些能穩定發展，但也有無以為繼的。林惠雯是後者。

大學裏第一場戀愛，她以為自己不從俗，不求「高大靚仔」，只求彼此相處舒服，志趣相投，價值相若。「兩個人要比一個人好」，是她給自己的拍拖門檻。進大學不久就「出pool」（結識了男/女朋友，開始拍拖，脫離單身行列），直讓那群圍坐聊心事的舊同學好生羨慕。

上學期剛過，兩人已經吵了幾場架。有一次特別激烈，起因是什麼，説不清，可能是不順眼他跟同組女同學特別親切，可能是埋怨他不夠關心自己。總之，好些細微瑣事，累積了三尺冰封。甜言漸疏，陪伴漸淡，互生怨懟，相處得叫人焦慮。那場大吵，她在 WhatsApp 裏賭氣説，與其疏淡，不如分手。以為會聽到逗哄甜言，以為會有深情道歉，但沒有迴響，被 unfriend 了，從此不通音問。

大學裏糊糊塗塗開始的第一場戀愛，含含糊糊地結束。「我達達的馬蹄是美麗的錯誤，我不是歸人，是個過客……」[1]。她知道，這些場景在大學裏不知上映了幾趟。都説迎新營、交流團、大 project 後，通常是分手高危期。是開了眼界，重新認識自己的需要？是喜新厭舊，抵受不住誘惑？是聚少離多，感情日漸疏冷？也許都是。

她傷心，最難受是死因不明不白，不是可以好好地談談，找出問題，彼此改善，再試試相處嗎？這是許多被分手的人心裏的疑問。

I don't believe it，是你放棄了我，只為了一個沒有理由的決定。

以為這次我可以，承受你離我而去，不必讓你傷心卻刺痛自己。

一個人走在傍晚七點的台北 City，等着心痛就像黑夜一樣的來臨。

I hate myself，又整夜追逐夢中的你，

而明天只剩哭泣的心[2]。

林惠雯有點措手不及，這樣的分手，不是在她預期之內，她從沒有危機感。分手後，有一天，倚在地鐵門邊發呆，才忽然發現，車廂外的站台玻璃幕門，原來有一對開關掣。地鐵在路軌上循環往復地滑動，乘客上車下車，每天如是，習以為常，從沒想過危機，也從沒注意那對寫着「緊急時向外拉」的幕門開關掣。

頂着一顆「戀愛腦」的人不會想到危機和逃生門。戀愛是快樂的，也很忘我。排幾小時坐船去長洲，熱乎乎的守在擁擠街頭看太平清醮飄色，牽着他濕漉漉的汗手也不願放。等他下課，在飯堂吃兩餸飯，然後去旺角金魚街、寵物街、花園街蹓躂，無無聊聊，完全看不到街上的雜、亂、髒，只想跟他走到地老天荒。

「我做錯了什麼？他遇到問題，有煩惱時，我聆聽，我提供意見，我想辦法幫他解決困難呀！」

林惠雯跟一位老師親近，為被分手這件事向她問難。老師這樣説[3]：

「男孩子有種『修理先生』或『國王心態』傾向，喜歡展現實力來證明自己能解決問題。他樂於幫助別人，尤其是弱者，卻很少會主動求助。當收到非主動求助的建議時，會認為等於承認自己無法解決，就像國王要聽別人教他怎樣治國一樣，很沒面子。

女孩子重視交流和關係，喜歡聊天和分享，喜歡給別人意見，認為這是表達關心。而對所愛的人，更會忍不住發出『貼心叮嚀』，具體表現自己的愛。但男孩子很煩厭絮絮叨叨，會覺得對方不信任自己有解決問題的能力，甚至認為對方想控制和改變他。」

她好像明白了一點。若戀愛再來時，我可以怎樣跟對方相處得更好呢？

「男孩遇到難題，會躲在自己認為舒服的洞穴裏，沉默地思考解決方法，女孩子不要覺得他們奇怪、冷漠，疏遠和不再愛自己，也不要在洞穴旁邊，咄咄逼人地要跟他説話，迫他出來。

一對夫婦，在海外自駕遊時迷了路，車子停在一旁，丈夫在張羅解決方法，太太沒説什麼，悠然地看風景。之後，丈夫感謝妻子沒有怪責他，沒有狼狽地把 GPS 弄來弄去，也沒有吆喝他找警察和路人幫忙，讓他覺得無論發生什麼事，她都能接受他犯錯，容許他探索，信任他能解決問題，給他

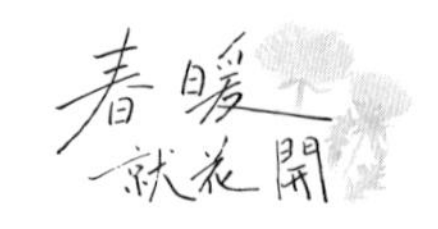

強大的同行感。

男孩子也要明白，女孩子在情緒低谷時，要通過聊天和分享來舒壓，希望獲得支持和認同。男孩子別用『你想多了』、『情況不是你想的那樣』來打發她。為她分析情況，提出一、二、三點方案，不是不可以，但不能取代專注聆聽、用心陪伴、表達理解和給予支持。」

跟她一起找老師聊天的女同學胖 B，對自己的身形有點介意，認為男生會嫌棄。她羨慕林惠雯，連她失戀也認為值得羨慕。

「你好歹拍過拖，知道戀愛是什麼回事，比我好得多。我呀，就是明知終會分手，也一定要把頭栽下去。我表姐說，三十歲前要交到男友，有拖拍就有機會，女人沒結過婚是人生遺憾，老姑婆會讓人瞧不起呢！」

胖 B 性格很好，活潑開朗，善良熱心，班務常一力擔承，一張圓臉，其實胖得可愛，但她的優點總讓男生忽略。

林惠雯不認同表姐的戀愛觀，不同意為拍拖而拍拖，為結婚而結婚，男朋友不是人有我有，婚姻不是為了有面沒面。她堅持「兩個人要比一個人好」，即是說，兩個人走在一起，應該更能提升個人質素，人生價值和內心快樂。

這次分手對她有些啟發。適當的時候遇到適當的人當然最理想，適當的時候遇到不適當的人，或者不適當的時候遇到不適當的人，就要「止蝕」，不能因為人有我有，沒有面子，或者「都已經跟他一起這麼久了」而蹉跎拖拉。

情路人生，就如財務投資，可升可跌，要有風險管理的判斷。再談戀愛？Be water 吧，何須急於在大學時代，或三十歲前？

社交媒體曾給她推送過一個叫「Dull Women's Club」的網站，貼文者是自稱「悶女」的女性群組，分享她們自得其樂的生活：

我喜歡整天和貓貓窩在家裏，照顧植物，布置家居，而且希望一直獨身，享受這樣的狀態。*（芬蘭，33 歲）*

步入中年，漸變成悶女。我戀家，嗜好是吸塵和聽鳥叫。假日，我會穿色調深沉的連帽風衣、8.5 號行山鞋，開兩小時車去看河和觀鳥。哪管河牀已經乾涸，罕有雀鳥不臨，我仍享受過程和寧謐。*（英國，40 多歲）*

媽去年過身，我仍在哀悼路上。一人到酒吧，氣氛和音樂使我暫時忘憂。我不愛酒精，

只喝果汁和熱巧克力，興致來時也會嚐一杯無酒精鷄尾酒。*（美國，50 多歲）*

離婚五年，每早起來總覺得是美好一天的開展。一邊看晨早新聞，一邊享受香濃咖啡和牛油果三文治，然後到屋外走路，或做椅上瑜伽。晚上沒有好看的電視節目，就閱讀，天天如此。我期待九月、十月和一月，因為這三個月有最多我喜歡的明星在電視節目裏亮相，年年如此。*（加拿大，60 多歲）*

「悶女」的分享，使林惠雯豁然開朗。「悶女」其實不悶，她們平淡的生活外表，包裹着富饒的內在自信，真實地活在當下，欣賞此情此景此刻。沒有人為的條條框框，不用滿足世俗定型，無須接受大眾認為正確的生活方式、人生路、審美觀。據説「悶女」貼文中最常出現的詞匯，是「平靜」、「滿足」和「戲劇化」。受夠了加諸身上的社會化框架，悶女摒棄集體化期望的束縛，不需要波濤起伏的戲劇化人生，不再隨波生活，我自行我路。

五十八歲電視節目女主持人是不婚主義者，享受一個人生活，但遇到合適的也不抗拒。工作上從不停頓，不斷嘗試不同崗位。「與其坐着等分派工作，不如自創工作機會，免被淘汰。」她說。

林惠雯不懂什麼叫做「Women Empowerment」，只覺這種生活取態很爽、很舒服，那麼，胖 B 不用有身形焦慮，中女不用有年齡和「人有我無」的焦慮，戀愛、結婚、生子也非必然。隨遇而安，be water，要來就來，來了就好好經營，不來就好好生活，行不通便好好止蝕，就是如此。

「女性能頂半邊天」並不重要，這已是事實，最重要是頭上有片廣闊的天。那片天，林惠雯頂着了，還有「平靜」和「如水」兩顆雲朵伴着她。

註釋：

1. 鄭愁予：〈錯誤〉。
2. 優客李林：〈認錯〉。
3. 老師的觀點大部分源自約翰．葛瑞（John Gray）：《男女大不同：火星男人與金星女人的戀愛講義》，台灣：生命潛能，2007。

雲朵即便不在，

也會以雪或雨的形式延續。

—— 釋一行

III. 傳承

畢名

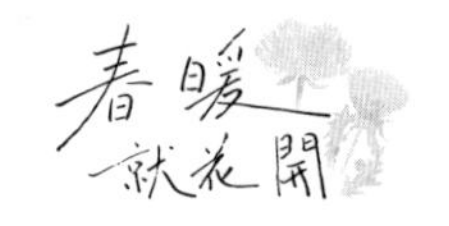

一滴墨水

「學校廣播，還有三十分鐘校園就即將關閉，同學們請儘快離開。」

這也是我在這所大學讀了兩年書第一次聽到的廣播，平日我是很少這麼晚還逗留在校舍未走，今晚例外，因為我所選修的電腦課延遲了上課時間，自然下課的時間亦要順延，我多想這課堂乾脆取消，也不願意入黑還留在這裏。

大家不要誤會，這所大學位處這繁榮城市的中央，交通便利，港鐵、巴士、小巴、的士一應俱全，還鄰近燈火通明的大商場，兩者有廣闊的通道連接着方便學生進出，所以這裏命名為「都市大學」一點也沒有改錯名。

加上自從早前發生過有陌生人闖入校園流連，基於師生安全理由，校方隨即加強保安人手，在進出要道都設置檢查關卡，所以同學間也戲謔這所大學應該改名為「鐵壁大學」。

説到這裏，大家可能摸不着頭腦，既然不涉交通問題，也不關安全事宜，那我究竟擔心個什麼？雖知道香港怎説也自稱為「最安全城市」，隨街被擄劫的機會不是沒有，好像最近在尖沙咀發生過的女子被擄案，也是十年逢一閏，即晚「破案」。

至於像大學圖書館犯罪學書架上，那本作家河洛陳年著作《廿年來香港驚人罪案》所記載的殺人放火等等兇案，印象中都不曾在校園內隨便發生，所以你們懷疑我胡說八道是很合理的。

但當然，合理歸合理，我可以對燈火發誓，我那入夜後油然而生的恐懼，絕對不是無中生有的。要怪就怪去年迎生營那位趙姓學長，要不是他繪聲繪影地向我說過一個關於「消失的樓層、詭異的廁所」故事，我也不會在內心種下不可磨滅的陰影。

說到這裏，差點忘記介紹自己，大家好，我是修讀中文系二年級的女學生，我叫吳文珊。大家可以叫我珊珊，我知道其他學系的男生替我改了個花名做長腿妹妹，又或者短裙姐姐。你們笑什麼？喜歡穿短裙沒錯，冬天依舊繼續穿短裙上學是我個人喜好，這又關你們這班色迷迷的男生什麼事？

我知道的，那個不安好心的趙姓學長為了討便宜，故意在那次迎生營編了個鬼故來嚇女生，同學們更說九成是因為我的長腿吸引了他，而落得大家被嚇出一身冷汗，但無論怎樣，我這人自小就怕鬼怕得要命，那個鬼故聽後產生的影像總在腦海中揮之不去，所以自此以後，我也趕在入夜之前就離開大學回家。

不騙你的，我由那天開始，就沒有參加過任何大學舉辦

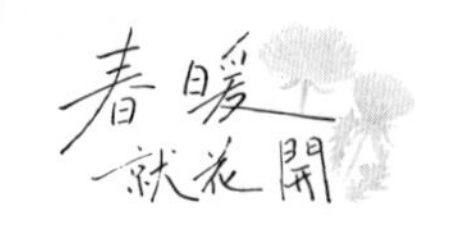

的夜間活動，哪怕是學系的師生餐聚，我都砌詞避席。

但今天的電腦課關乎一個我一直理解不到的課題，以這教授的脾性，但凡錯過課堂便沒有補課或另約時間面授講解的可能，為着快要應付的一份功課，我可是不情不願地上這一堂晚間導修課。但偏偏今晚教授不知哪裏來的「長氣」，授課時間竟超時半個小時，下課後一出課室門外就聽到剛才的校園廣播。

「三十分鐘，也夠我去個洗手間才離開吧！」我心想下次再上這教授的課，我是鐵定不喝咖啡免得像此刻般麻煩。

穿過長長走廊，我走到盡頭那女廁門前，「咦？不是那麼倒楣吧！」門前放着一個「清潔中」的告示牌。

我不假思索便推開隔鄰的防煙門，然後奔向下層三樓廁所，但我竟忘記了那層是男廁，我唯有再向下一層走去。

而然，當我推開三樓防煙門，沿着樓梯向下走時，我發現有點不妥，印象中我剛才跑了兩段樓梯才從四樓到達三樓的男廁，怎樣現在只跑了一段樓梯，女廁的門就出現在我的眼前？

好奇心驅使下，我把頭伸向轉角後的樓梯一望，只見樓梯的盡頭是另一扇防煙門，而左側牆壁上漆着一個「2」字，這分明是二樓的標記。我再望向身後的女廁，疑惑大學建築師怎麼會在三樓和二樓之間設置一個分層廁所？

但內急的感覺戰勝了理智，「顧不了這麼多！」我當下還是推門走進女廁裏頭解決生理需要。

「呼！真夠狼狽。」幸好身邊沒有同學在場，否則傳了出去實在太丟臉了。

就在我準備離開廁格之時，外邊突然傳來一陣「軋……軋……」的門鉸轉動聲，然後我感覺到有人走進我隔壁，即最後方的一個廁格裏頭，接着傳來一陣如廁的水聲和沖廁聲。

我意識到應該是有人和我一樣有需要，跑到這個「隱秘」的廁所。

我放下戒心，打開廁所門準備洗手離去，殊不知……當我望向鏡子時，我呆了……一排排的鏡子清晰倒影着廁所內三個廁格，而我發現，最後的廁格門竟然打開着，裏頭一個人也沒有！

「嘩——」我忍不着尖叫出來，然後不理三七二十一用一生人最快的腳步速速逃離這裏。

我不敢大喊出來，只顫抖着喃喃低吟「救命」「救命」！

腦海霎時間閃出一個恐怖的念頭，「莫非那就是『消失的樓層、詭異的廁所』嗎？」我怕得眼角也迫出淚水來。

跑回三樓，再直奔而出經已是教學樓地下位置。都市大學坐落在山巒之地，東邊地勢較低的入口是地下大門，而西邊地勢較高的大玻璃門便是我此刻的三樓大門位置。

我慌不擇路沿着大學水池後的花園小徑走，這裏是大學另一條通往保安大閘的通道。如平日怕黑膽小的我，若不是剛才嚇得不輕，被「儘快逃離大學」的念頭支配，我才不會腦袋發熱地循這裏走。

「噠噠……噠噠……噠噠……」我繼續沿路走。

「嗄嗄……嗄……哎啊！」我被什麼絆倒跌了一跤，很痛。

但幸好跌在淺草處，手腳並沒有怎樣擦損，我抬頭望，發現把我絆倒的竟然是坐在石椅子上的一個女生。

不騙你們，我當刻真的閃過一個念頭，「難道『那隻鬼』這麼快便追上來嗎？」

但當我定一定神再看，在昏暗的月色下，把我絆倒的人不是誰，她竟然是我的同級同學鄧文頤。她是我系的系花，雖然我倆並不熟絡，但也曾試過編在同一組做文學專題研究，我記得她在廣播劇中演活了被李十郎拋棄的霍小玉。

咦，怎麼她在抽泣？怎麼不是跌倒的我在哭？反而是坐在椅上的她在哭？

難不成剛才的碰撞她比我更傷？

「鄧同學，你沒大礙吧？」我撐起還在抖震的雙腿，坐在她身邊問。

她一言不發，只怔怔地望着手機屏幕，兩行眼淚一直在流，就算我是女生，也覺得此際的她楚楚可憐。

「發生什麼事嗎？」我嘗試偷看她手機屏幕上的訊息，但被反光的防偷窺貼紙阻擋意圖。

我在背包拿出紙巾給她拭淚，柔聲安慰：「我有什麼可以幫到你嗎？」

她關上手機屏幕，抽泣中吐出一句：「我們分手了，他有了別人，他不要我了。」

吃了一驚，我知道文頤口中的「他」是誰，他是我們的級代表加高材生，跟文頤在文學廣播劇《霍小玉傳》中聲演一對的「李十郎」鄺嘉勇。

怎麼突然上演一場「人生如戲」？

我不是戀愛專家，但我也曾有一次情傷的經驗，我知道眼前鄧同學的那種心痛，亦知道此刻不是問究竟的好時機。

「我究竟有什麼不夠好？他要我怎樣打扮我也投其所好，他要我跟男生斷絕交往我也一一照做，我只想要他待在我身邊待我好，他為什麼要這樣待我……我究竟有什麼不好！」

她越說越激動，越哭越難過。

我想起，他倆一向在系中愛得高調，若鄺嘉勇真的見異思遷，而新對象更是系中同學，可想而之鄧文頤會有多難堪。

那種錐心之痛，是不足為外人道的。

我本來就不善於安慰別人，在感到束手無策之際，我突然想起一個人，上次我失戀時竟傻頭傻腦不分尊卑地跑去敲她的門，用了整整一小時跟她訴苦。

她耐心地聽着我的傷心、我的痛處，然後很記得，她跟我説了一句很有哲理，同時慢慢細味很治癒的説話。

她沒有叫我不要難過，也沒有叫我不要哭。

我記得她怎樣説。

我捉着鄧文頤雙手，學着她的語調，溫柔地説：「有時我們遇着傷心事，就好比一滴墨滴在宣紙之上，原本就只是一滴範圍很小的墨，但墨水滴在紙上漸漸不自覺地化開來，最後成為一個大圈，甚至漸漸滲透至整張紙每一個角落。」

鄧文頤望着我，我續説：「這不是我説的，是我們的系主任黎老師曾經跟我説的。」我幫她拭去眼角的淚，「你是黎老師口中最聰明的學生，你應該相信自己，相信老師。傷心的總會過去，更好的在前面等你。」

「吳文珊，我明白老師的道理，但……你不是我，你不明白我有多痛。」

我真的不明白鄧文頤有多痛嗎？和他分手的那天，我也躲在大學後山「羅馬廣場」哭得死去活來，彷似失去他的一刻就是世界末日，渾身彷彿被刀割般傳來痛楚。

甚至我還傻得自殘身體，我絕對明白那種親手把自己推進深淵的痛，但此時此刻我並不需要跟鄧文頤鬥慘鬥苦，我知道她只需要一個聆聽者供她發泄，就像當天老師靜靜地聽着我說故事一樣。

我沒有多說什麼，由她說着自己的「愛情悲劇」，然後間中學老師給她一句明白、認同。我發現鄧文頤的情緒漸漸平伏過來。而我從中亦知道，她的痛處，並非單純失去鄺嘉勇的愛，而是她接受不了說出分手的是「他」不是「我」。

我內心歎了一口氣，還是黎老師說得好，一滴墨水滴在宣紙上，總會漸漸擴散開去，只差在，是痛，還是怨。明顯地，這滴墨水蘊含的是後者多於前者，至少，我是這麼認為。

「舒服點了嗎？」說到故事的尾聲，鄧文頤眼角的淚止住了。

「還是痛，但舒服了一點。」她捉着我的手，低聲道：「可以答應我，今晚的事不要跟別人說嗎？」

「你是怕我說給系內同學知？」

「是鄺嘉勇，」她搖搖頭，「答應我不要跟他說。」

我拍拍她的手，道：「我跟他不熟，更何況我不喜歡將人家的私事當人情賣四圍唱。」

「那我當你答應了。」

「你也答應我抹掉內心的那滴『墨水』，我們女生要好好善待自己。」我的語氣跟黎老師有幾分相似。

此時，校園再次傳來廣播。

「學校廣播，還有五分鐘校園就即將關閉，同學們請儘快離開。」

我拉着她的手説：「來吧，再不走我們可要露宿校園到天明啦。」

「嗯。」

這晚過後，我和鄧文頤又再次成為系內僅此於點頭問好的「普通同學」，當晚發生的事彷似從來沒有發生過一樣，我沒有提，她更好像從來沒有發生過，因為不久後我碰見了她跟鄺嘉勇，他們彷似沒有分過手一樣，再次出雙入對。

至於那個介乎於兩個樓層之間的神秘女廁，我也沒有膽子再次光顧，聽聞後來校方以錯配資源為理由，索性把那女廁封掉。

究竟那晚到底發生過什麼事？

永遠沒有答案。有些事，就由它過去，不要深究，不要追問，不要讓一小滴墨水化開更好。

莫問出處

一陣暖和的晚風吹來，稍稍把原本腦袋裏倦怠的氣息拂走。我把車停泊好再鎖好車門，慣性地抬起手看看手錶上的時間，九點四十五分，時間剛剛好，以我這個不習慣遲到的人，十五分鐘足夠步行至約定的地點。

「叮！軋……軋……軋……」

步出升降機，走過商場大堂，跳進彌敦道，今晚的人流明顯不多，人迫人擦肩而過的情景不再，可能如新聞報道所言觀光旅客驟減，又或者疫情的確多多少少改變香港人的生活習慣。就像我，要不是今晚跟老同學聚會，我也寧願下班後驅車回家享受天倫。

一直沿路向油麻地方向走，我左顧而右盼，四周商店景物似是而非，平日經常光顧的鐘錶店、銀行分行仍在，但一些小商戶、食店就悄然消失於城市當中。

我經過轉角處那間瑞士品牌鐘錶專賣店櫥窗前，駐足尋找那隻復古風指針日曆飛行時計的身影，它仍然放在右上方最不顯眼的角落。它錶盤上的「綠」和日曆指針上那點「紅」還是這麼誘人，我慶幸它仍然無人問津，但亦無意把它納入收藏。

這年頭，這些小玩意收藏得多，學懂不曾擁有反而格外珍惜。更何況收藏品之所以彌足珍貴，就因為它每每擁有獨一無二的故事，而故事可以關於它的源流，甚至關於它和主人相遇最終怎樣被收藏其中。

至於櫥窗裏的它，可能緣分未到，掀不起我們的波瀾，構成不到故事，當然還成就不了獨特的回憶。

這時，手機傳來一個來電通知，我離開錶行繼續前行，然後透過耳機上的語音助理接聽來電，電話另一端是我的下屬，編輯部的主管安迪。

「林總監，抱歉這麼晚致電給你，我想問剛才的應徵者表現如何？這年頭來應徵編輯的年青人不多，這個女生我覺得也挺有潛質，加上溫文有禮，文字造詣不錯，應該是可造之材。雖然不是本科生，又未有編輯經驗算是新手，我見她願學願捱，應該可以一試……怎樣？你有決定了嗎？」

安迪仍然是這麼急性子，「我明白你的想法，你忘記我說過，有些事，急也急不來，周末好好休息，星期一回到公司我們再談。」

掛線後，我自顧自笑了。「急也急不來」是我跟同事相處之間常掛在嘴邊的說話，但實情我又怎會不急，若不急，我便不會下班後待在公司等安迪口中那位應徵者來面試，又跟她一談便是兩個小時。

的確，這年頭願意跳進「教育、文化、出版」這三界的年青人不多，難得通過文字測試關卡的，我都想一一接見。表面上是公司給予工作機會應徵者，但這何嘗不是應徵者給予公司機會發掘合適人才？

「莫道你在選擇人，人亦能選擇你。」不止用在愛情，工作上亦是如此，聰明的應徵者在面試的過程，其實都在選擇適合自己的公司。所以自當上高管後，我仍舊喜歡親身接見應徵者。

長江後浪推前浪，時代永遠屬於後來者，年青人才是公司賴以向前的重要資產。那怕只是一場短短的會面，聆聽他們的想法、心聲，對早已被社會磨去棱角的「老鬼」來說也會有所啟發。

事實我喜歡和年青人相處，近日新聘請的剛畢業設計師，他就替公司一系列圖書帶來不一樣的感覺。作者、行銷同事第一眼望見紛紛投以「心心眼」，「日系設計啊！」「色彩很大膽奪目！」「他消化過故事內容再畫的嗎？很用心啊！」一片讚美之聲背後，都印證與其純粹迷信經驗、履歷，不如擁抱一下「喜愛就是渴求成功的動力」這想法，縱使不是每仗成功，但人總要給予機會。

對，是機會。一說到機會，我就想起他們，若不是他們

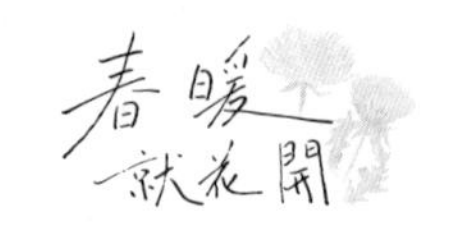

給予機會，今天我哪會是什麼出版總監，更遑論可以一直從事自己喜歡的工作。

「喂！在想什麼這麼入神？來到門口也不入內，是要我這個老同學出來迎接你嗎？」

站在金鷹餐廳門前的是陳智傑，他的樣子一點也沒有改變，自從數年前收到他的電郵説已移居海外後，一別數年，適逢今年有大學師生聯誼活動，趁此前他先相約我吃飯一聚，聊聊大家近況。

到餐廳坐下，點過例牌晚餐，智傑便開始如往昔般喋喋不休地説起他的經歷，但想不到的是，他的話題再也不是關於自己的事業，而是興奮地述説着他移居外地後孩子學習的事宜。

我一邊聽，一邊慢慢品嚐侍應送上的晚餐，今晚的餐湯是我在大學時最愛喝的羅宋湯，還有焗爐暖過牛油微溶在內的西餐包。

望着智傑的一雙眼，可以説往昔鋒芒畢露的眼神不再，取而代之是多一分慈父的溫柔。聽他分享移居後的點滴，他鄉的生活的確令他改變了不少人生觀念，尤其整晚聽得最多的，是那句「退休的概念從來都是保險人員的騙人技倆，人生長短誰説得準」之類的肺腑之言。

我感受到，他這些年經歷的對他有多大的衝擊。

待我喝過湯、吃過頭盤，在等待主菜火焰牛柳送上來前，智傑終於醒起自己顧着説話而滴湯未沾。他撒過胡椒粉，慢慢喝湯之時，他問我：「你呢？這幾年過得好嗎？」

「還不是一樣，做你口中營營役役的那種人，」我抹一抹嘴角，漫不經意道：「今晚約見了應徵編輯的女生，剛大學畢業，全無行內經驗，但我應該會聘用她。」

「哦？她那麼幸運？」智傑不待我答話，續説：「誰都知你很喜歡聘用新人入職，我們大學的老師跟我説，你不是一有空就回大學做講座導師，就四處到中學辦行業分享會，我想眾師兄弟當中就你最夠熱心。」

「是嗎？説不好是我比較幸運吧。」智傑提起老師，我的思緒又飄往那段回憶，而那是一個炎熱的仲夏。

「林同學，你知不知道我們叫你來面試的原因？」説話的是往後教我古典文學、經常説抄筆記對學習有莫大裨益的黃太。

我遲疑了數秒，強裝鎮定反問：「因為學系還有空缺？」

「我們的學系很受歡迎，一早已接到超額申請。」坐在黃太左邊架着金絲眼鏡、將來教我公共行政中文的陳老師回

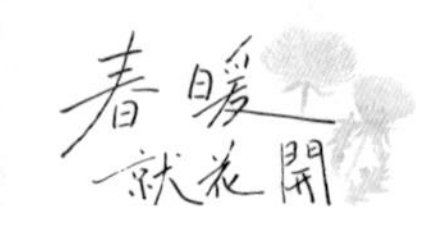

答我。

「明白。」天生嘴角帶笑的我報以禮貌回答：「無論如何，都感謝各位老師給予面試機會。」

然後，坐在右邊一臉謙謙君子的老師説道：「我們就想知道，一位中文科公開考試成績比文科生更好的理科生，究竟是怎樣的一位學生？」

説話的是往後教授中國文化哲學的金博士，他一席話後，老師們相顧而笑。接着開始用輕鬆的口吻問我有哪一部中國經典名著比較喜歡？喜歡它什麼？

我坦誠回答是《三國演義》，然後搬出我曾經細閱過有關羅貫中的「褒劉抑曹」理論。接着我們又説到金庸小説，我主動將這麼多年來看過有關倪匡、吳靄儀等名家評論過金庸筆下男女主角的文章內容結合自己的粗淺理解説出來，越説越起勁。

到面試尾聲，黃太收起笑容，認真問我：「我們的學系不單止要中文成績突出，學生還要兼修翻譯和專業英語，你覺得應付得來嗎？」

無可否認，這是我的軟肋，我沒有隱瞞，不暇思索表示：「説實話，現在的我的確有點吃力，如果有機會入讀學系，我不會辜負各位老師。」

「不是我們，是你自己。」

金博士這句説話，深深刻在腦海，在往後的日子，我的確時時刻刻「不敢辜負自己」，抓緊每一個機會去學習、去表現，享受勝利過程，亦接受失敗經歷。

畢業多年以後，我和眾位老師仍然保持聯絡，尤其是金博士，我曾經在一次拜會過程中問他，為什麼當年會接納我的入讀申請。他説不止是他，原來其他老師也同樣有種惜才的想法，雖然當年的我學術上並不完美，但他們都知道人生從來都不是一條坦途，既然有幸遇上有潛質的學生，何不給予一次機會，替學生掃平障礙。

「雖然不保證人人成才，但事實證明老師眼光不錯。」

後來我從另一位老師口中得悉，學系每年也會保留數個學額予面試之用，説是遺才之選也不為過，依我看來，這才是教育的真諦，因為他們根本沒有需要花額外的時間精神做這件事，就只管把所有學額放諸予電腦配對便可。

言傳身教，可能我就承襲到他們的精神。

比起辦公室裏出席大小活動收到的紀念錦旗，我更珍而重之那些年青人送給我的感謝咭和一張張離職時帶着笑容的合照，難怪有舊同事説過，比起做老闆，我更適合做人生導師。

「你還有聯絡老師嗎？」智傑的説話把我拉回現實。

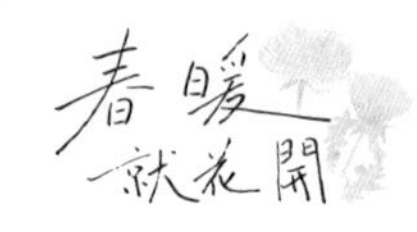

「你說哪位？」

「你最敬重的金博士。」

提起金博士，我帶點黯然，「他在去年因病去世了。」

智傑感到錯愕，收起笑容說：「太可惜了。」

「嗯，」我呷了口侍應剛送上的熱咖啡，道：「疫情三年，防疫三年，人與人之間的聯繫彷彿都斷掉了。」

「都說退休的概念從來都是保險員的騙人技倆吧！人生長短誰說得準呢！」智傑的口頭禪又來了，我還未及回話，他搶先說：「但至少你得到老師的一項真傳。」

「哦？」

「英雄莫問出處，」智傑舉起杯向我說：「我敬那位有幸得到你垂青的女生一杯。」

我心領神會，舉起咖啡杯答道：「那我敬改變我人生的老師們一杯。」

不留遺憾

「一小時的分享非常精彩，我們一起給予駱先生熱烈的掌聲，多謝他今日抽空前來學校跟我們説他在寫作路上的故事……」黃老師話未説完，台下已傳來一陣掌聲。

掌聲大約維持了一分鐘，黃老師望着身後的我問：「同學們應該準備了不少問題想向我們的嘉賓發問，但容我『近水樓台先得月』，我想問駱先生，你的創作動力究竟來自什麼地方？」

黃老師話音剛落，全場霎時安靜下來，我望着台下數百對眼睛，不假思索地回答：「創作動力來自我對知識的好奇，事實大家閱讀到的小説反而是副產品，一開始我是沒有什麼故事想寫，更不要説我想讀者反思到什麼人生意義。」我拿起面前最新出版的小説翻閱，續道：「就以這本小説為例，起初我是醉心於研究瑪雅民族突然消失於世上那段上古文明史，誰料竟給我無意中看到瑪雅族一則『正不能勝邪』的上古大神之戰傳説，及後給我從書本中越挖越深，當中的故事，竟引發我對這個傳説與當時另一則世界末日預言的聯想，最後靈感一到，就寫下這本小説。」

「即是説你的寫作源自於閱讀。」黃老師望向台下的同

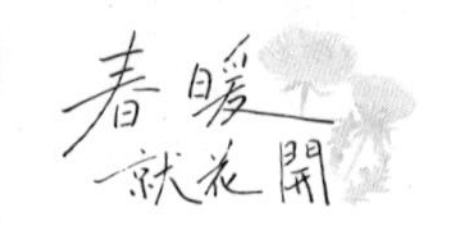

學們，朗聲說：「同學們要認真記着作家的金石良言，閱讀有莫大裨益，讀得書多，將來你們都有機會成為另一位出色的作家。」

語畢，黃老師轉身望向我，我點點頭報以一個微笑，示意「我沒有什麼補充」，因為像這種「引申教化」，這數年間我也經歷不少。

黃老師問台下同學：「老師發問完，現在輪到同學發問時間，有沒有同學有問題想請教台上的作家？」

台下紛紛舉手，黃老師由近而遠給予學生逐一發問：「你最喜歡筆下哪套作品？」「你最快用多少時間完成一部作品？」「你的中文成績從小就很優秀嗎？」「你有沒有喜歡的作家？」甚至有同學問：「當作家一年可以賺多少錢？」可以的話，我都耐心依次回答同學所有問題。

直至最後，坐在禮堂前排最左邊一角，一位紮着馬尾的女生問我：「如果要你選一個對你影響最深的人，你會選哪一位呢？」

這條簡單不過的問題，我竟然答得遲緩。

答案在腦袋中以快速搜畫，究竟是寫作路上啟蒙我的張宇？金庸？還是帶我走進驚悚世界的鈴木光司？史提芬 ·金？抑或是借親身感受一杯水的溫度教我哲學道理的那位授業恩師？

不……不！他們雖然都影響着我的寫作，但未算對我有最大的影響力，真的要數影響我最深的，應該是他……沒有他，我根本什麼都不是。

但一想到他，內心的愧疚感便湧現。

我想起那年，真不該憶起的那一年。

「駱先生……」

「嗯？」是黃老師，他把我從思緒中牽扯回現實。「大家都在等你的答案。」

我望着剛才發問的女生，她的表情有點訝異，這定是我想得太入神，不自覺擺出平日沉溺思考時愁眉深鎖的嚴肅樣子。我再瞄了台下其他同學，他們都剎那間安靜下來，整個禮堂的氣氛變得很壓抑。

我深呼吸一下，瞬即調整自己的情緒，再次展現出平日親切的笑容，然後把內心條件反射般出現的答案壓下，理智教我搬出另一個公關答案：「是張宇，」我笑一笑續道：「但不是台灣那位老牌男歌星，是七、八十年代香港一位非常出名的作家，有『鬼小說女王』之稱的張宇，她的名作《迷離境界》陪我度過整個初中生涯，令我在故事裏初嚐『善惡到頭終有報』的中國傳統價值滋味，對我後來的寫作有很深的影響。」

「哦，原來你也喜歡作家張宇嗎？我小時候也在公共圖

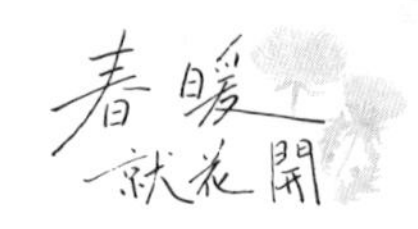

書館借閱過她的小說，是書背刊印着影星鄧碧雲推銷白鳳丸廣告那版本嗎？」黃老師雀躍地說。

「是的。」我答。

「可惜這些舊小說近年也在公共圖書館下架了，很難可以再借閱到。」看得出黃老師是真心喜歡張宇的書迷。

「可以在哪裏買到她的書呢？」剛才向我發問的女生問。

黃老師插嘴道：「坊間很難買回她的小說作收藏的。」

「就看緣分，我曾經在一些專售舊書的特賣場找到，舖主標價十元一本，我還惱自己當日只買兩本作紀念，應該把枱面所有書都一掃而空。」我語帶相關苦笑道：「有時值得的，都不需要顧慮太多，當下直視自己的感覺就好，否則過後總會後悔。」

黃老師似找到共鳴點頭稱是，而講座亦隨着解答過這道問題而圓滿結束。此時，禮堂外閃過一下電光，隔數秒後響起一聲悶雷。

「是要下雨嗎？」我藉故匆匆跟黃老師作別，便驅車離開學校。

雨一滴一滴打在擋風玻璃上，我開着車離開學校所在的屋村，然後駛往終日繁忙的屯門公路。雖然時值中午，但天已黑得像深夜一樣，隨着雨越下越大，漸漸連雨撥也未能完全發揮作用，公路上，我只看到前車亮着的紅色車尾燈。

此時，手機接收到訊息通知，是天文台推播最新天氣資訊，它們剛發出「紅色暴雨」警告。

暴雨垂掛在車窗上，窗外的視線迷糊一片，我跟着前車的節奏放慢車速，公路逐漸出現堵塞情況。在緩慢的行車途中，隔着窗，我望向黑壓壓的天空，勾起一段思緒。

還記得，當日的天氣也像今日一樣，我在暴雨中收到噩耗，從此教我留下一個遺憾，而這個遺憾偏偏連結在對我影響最深的那個人身上。我沒有騙剛才的同學，在寫作上的確影響我最深的是張宇，但若說到人生，影響我最深的是他。

他從小教我何謂正直。

他從小以身作則教我何謂兄友弟恭。

他所有教我的東西都不是訴之於口，而是身體力行的身教。

他是跟我一點血源關係也沒有，但待我比親兄弟更好的義兄志龍哥哥。志龍比我年長四歲，他的身世很可憐，爸爸說志龍哥哥是他結拜兄弟的遺腹子，志龍爸爸在他出生前兩天不幸死於一場黑市擂台比賽當中，而更不幸是，他的媽媽在他六歲那年也遇到車禍傷重離世。就這樣爸爸申請成為志龍哥哥的監護人，而我就成為與他一起成長的義弟。

彷似由誕生開始就被不幸纏繞的志龍哥哥，性格與他的

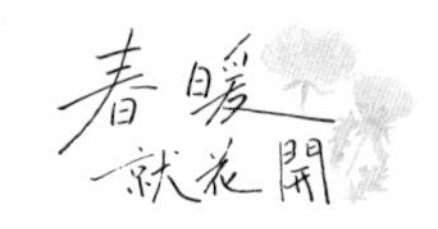

遭遇並不相稱，他並不沉鬱，也不陰暗，反而渾身散發着樂天的光芒。自從他住進我家後，我不曾聽過他抱怨自身一句，就算在學校面對不公義之事，他都只會據理力爭，從不自怨自艾。

雖然他跟我只是義兄弟關係，但他總是竭力地保護我，甚至不惜把自己置於險地。我記得，那年他十二歲，剛升上中學一年級，而我還只是就讀小學四年級的瘦小男生。志龍哥哥生得高大，又好動，他在父親栽培下成為空手道高手，而我一向不喜歡舞刀弄槍，話雖如此，我還是挺喜歡去看他打搏擊比賽。

記得那晚，我嚷着志龍哥哥帶我一起去道場看比賽，吃過晚飯後，我們提早出發，到達道場時剛巧他的師傅未到，我倆便坐在館外的公園石椅上閒聊着。誰料，當晚附近竟聚集了一班十五、六歲為數五人的童黨，他們見我倆坐在公園，便聯袂上前滋擾我們。

那五人把我們圍堵後，不斷説着粗言穢語作挑釁，期時年紀尚小的我當然感到害怕，但坐在我身旁的志龍哥哥則異常鎮定，他沒有答話，只捉着我發抖的手安撫我的情緒。那班童黨見未能引得志龍哥哥發怒，其中一個赤裸上身狀似首領的男子，竟突然出其不意地向志龍哥哥面上揮拳！

「砰！」很痛吧，但志龍哥哥仍然不為所動。那首領見不得要領有失面子，老羞成怒下竟轉移目標向我揮拳。

在電光火石之間，我記得耳邊響起一聲「跑出去！」然後原本快要打中我的拳頭消失不見，隨之而來的，是我看見志龍哥哥不知用什麼方法已把那個向我揮拳的惡霸打倒在地上。

之後我感到一股巨力把我推出包圍網，害怕得要死的我下意識就跟着志龍哥哥所說的「跑」「跑」「跑」！最終我跑到離道場一街之隔的熟食亭，向賣雲吞麵的大叔借電話打給家中的父親求救。

之後，我擔心志龍哥哥安全，鼓起勇氣跑回道場，前後不到五分鐘的時間，原來一切早已結束。剛才兇神惡煞的五人統統軟癱在地，而站在其中背向着我的最終勝利者，是志龍哥哥。

他回首望向我時，我清楚看見他面上那條長長的傷痕。他沒有理會那五個還在地上痛得呻吟的惡霸，而是向我跑過來當頭一句便說：「你有沒有受傷？不要害怕，一切責任在哥哥身上。」他就是這樣的人，別人欺負他，他可以不計較；但若是欺負他的弟弟，他可跟你沒完沒了。

我曾經問過志龍哥哥：「為什麼你這麼勇敢？」他笑着說：「既然是一家人，就要有保護家人的勇氣；既然你叫我哥哥，我就有責任為你挺身而出。」

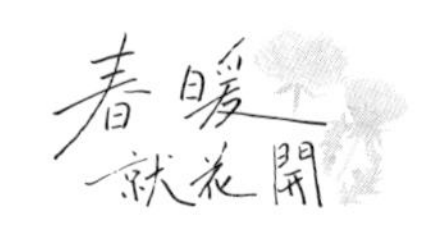

我又問過他：「你這麼好打，為什麼我從來沒有見過你顯露身手？」他向我伸出一對拳頭，認真地說：「學習武術不是為了逞強認威，阿駱你要記住，大丈夫有所為有所不為，做人要正直，我不容許這雙拳頭欺凌弱小。」

就這番話，深深烙印在我的心坎裏。

的確，外表斯文有禮的志龍哥哥，在道場外，你永遠無法估算到他另外一面，而原以為好動的他畢業後會投考紀律部隊，殊不知架起粗框眼鏡的他竟走進校園執起教鞭成為一名數學老師。

他說過，與其作執法之人，不如由源頭做起，把迷途之人撥亂反正更有意思，他就是這樣一個身體力行的人。在我負笈海外修讀碩士期間，父親常說他不止全心教學，作為輔導主任的他下班後還透過免費教授空手道引導迷途學生回歸正途。

從他的社交媒體上會感受到學生是如何愛戴他，一張又一張跟學生的合照洋溢着一片可親可敬的情誼。我從他的笑容、眼神感受得到，他由始至終都沒有改變，我知道他已把學校和學生，視之為他第二個家和家人。

可惜的是，他燦爛的人生就這麼短促。而我和他之間，竟留下一個令我難以釋懷的遺憾。

畢業後回到香港創業的我，為着可以有更多私人空間創作小説，一圓我的作家夢，決定搬出舊居開始獨個兒生活，除了大時大節回家跟父親、志龍哥哥飯聚外，平日都甚少聯絡見面，當中的聯繫就只靠社交媒體上的一個「讚」或一句「留言」。

那段日子，志龍哥哥不止一次相約我外出見面，但我總是騰不出時間一次又一次把約會推卻，甚至有一次，他剛巧來到我工作地點附近參與教師培訓，誰料剛巧我的手機沒電，接收不到他傳來的訊息，最終我倆也是失諸交臂。

如是者，光陰似箭，又再過了三年。自從我在小説界嶄露頭角，不時需要飛往世界各地參與活動，我和志龍哥哥見面的機會就更少，最近一次團年飯，我也因為要出席一場在日本舉辦的年度書獎頒獎活動，而要臨時爽約。雖然如此，志龍哥哥仍然不時從父親得悉我的近況後，透過訊息向我問好，替我打氣。

從日本回到香港後的那個月，我不時因事駕車經過他的住處，每次都總搬出「留待下次」的藉口而過門不入，終於……留下莫大遺憾。

我意料不到，再次見到志龍哥哥的地方，竟然在東區醫院殮房，眼前閉闔雙眼的他躺在牀上，是突發性心肌梗塞，他被父親發現時倒臥在家中書桌上，送院途中已證實不治。

望着面前冷冰冰的志龍哥哥，我有說不出的懊悔。

如果生命有再推倒重來的可能，我一定會……可惜這世上並沒有「如果」，所以剛才在講座後，我才會說出一句「有時值得的，都不需要顧慮太多，當下直視自己的感覺就好，否則過後總會後悔。」

車繼續在公路上緩慢前進，此時手機鈴聲響起，我透過語音助理接聽來電，電話的另一端是我的經理人磊哥。

「阿駱，恭喜你，你那部《空手道教師》小說已成功授權串流平台拍攝影集，預計一年後全球公映。」

比起授權成功，我更想知道：「他們欣賞什麼？」

「投資者被你故事的男主角所感動，他們說從來未看過一部作品這麼牽動人心，尤其當中那段以一敵五救弟的情節，他們說一定要在影集中原汁原味地拍出來……阿駱，你何時可以到台灣簽約……至於合約……」

「磊哥，謝謝你替我穿針引線。」

電話裏的磊哥沉默半晌，道：「我也替你高興，相信你的哥哥泉下有知，也會知道你的心意。」

掛線後，我再次想起那女生的提問，心頭滾動。我望着窗外的天空，默唸：「影響我最深不是別人，是你啊——志龍哥哥。」

一代傳承

「落機後若情況可以，傳個訊息來報個平安。好好照顧太太和孩子，不用掛心我們，很快會再見，入閘吧，不要誤了時間。」

機倉傳來震動，聽得到飛機底下的輪子已順利收起。飛機擺脱地心吸力，穿過地勢形成的慣性氣流，順利向着萬呎高空攀升。我輕撫着坐在身旁早已入睡的孩子小手，瞄了眼隔座一臉倦容也已閉目養神的太太，腦海不曾放下臨別前老爸帶着微笑的那句説話。

常人不知，常人不覺。

同一個口吻今晚説來和往昔有什麼不同，因為沒人會像我一樣察覺得到，他眼底隱約透出的一線紅，縱然仍舊跟我説來那麼輕描淡寫，那麼不以為意，但這句話，説出的，或聽着的，都覺有點重。

「嗯，我會的。」

我的回答就這麼短促而簡單，我知道跟平日的我大相逕庭，但我不是故作灑脱，而是我説過要帶笑道別，不留下一滴別離淚，話一多説，內心收閘的情緒就只會決堤而瀉。

我答應過自己，這是一趟快樂的旅程，要令所有人都帶

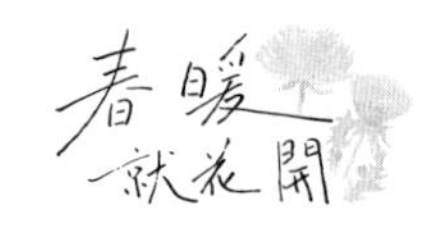

笑而來，帶笑而歸。

老爸懂我，他一直懂我，所以雖然我沒有多言，但他說過囑咐之話後，我倆交換一個眼神，一切便盡在不言中。他始終貫徹如一，如斯信任我，如斯支持我，無論是今一刻，又抑或過去每一個成人階段，他不曾懷疑過我的想法、決定。我之所以有今日的人生、今日的成就，今日做重大決定而無後顧之憂，那份默默的信任，彌足貴重。

我知道，很多人的人生，都跟着父母的足印在走，父母親是尊貴的律師、醫生，做兒女的總會踏上他們相同的道路。有些人原於仰慕，有些人原於家族的傳承，但我呢？

我從小就出入大大小小酒樓的廚房，小時候坐在大大張金屬按板上看着老爸巧手弄點心，年紀大一點就站在大型蒸爐旁看着老爸彷似練功夫般上上下下不斷搬弄蒸籠。老媽曾經說過，老爸之所以入行做點心師傅，是因為自小就被阿爺帶入行幫手經營酒家，加上作為大兒子，明明在眾兄弟妹中讀書表現最好，也要輟學幫忙養活弟妹。

（有說，這是上一代的命。）

而我們兄弟，當然也多得老爸這門手藝才得以三餐溫飽、無憂無慮。我對老爸同樣感到仰慕，但最終並沒有走上同一條道路。因為老爸不像阿爺，從小開始他就給我自決人生，他不曾要求我學他的手藝，更連一句要我子承父業的説話也不曾説過，所以別笑我就連老爸一丁點做點心的技藝也傳承不了。

事實每當遇着要做選擇的人生關口，他總充當聆聽者，不曾干擾過我任何決定，每一趟他都帶笑支持，加句「既然認清就去做吧」。我記得，高中選修理科如是，大學選修中文如是，到畢業後靠文字維生，起初收入不高老爸也從無懷疑過我的決定。

甚至每每遇着失意時，老爸總搬出小時候算命師傅寫在紅紙上的一句「躍出池塘便化龍」來勉勵……或者應該説安慰着我，使我不曾失去鬥志。

我記得，剛升上中學派發第一個學期成績時，我懷着忐忑不安的心情把成績表遞上給他簽名，他認真地看着當中每個科目的細分，當眼神橫掃過那格外刺眼的「33 分」時，我以為會被罵得不輕，怎料老爸只説了句：「今次失敗了，下次討回吧。」

這話，就無意間成為了我往後人生的奮鬥格言。

我承認，我是一個好勝的人，但我的好勝，劍走偏鋒，不全為自己爭取榮譽，又或者這樣説，聽過老爸兒時被迫輟學的經歷，小小心靈一直想怎樣可替他賺回一點榮耀。

（我不是一個天才，而我亦並不獨特。）

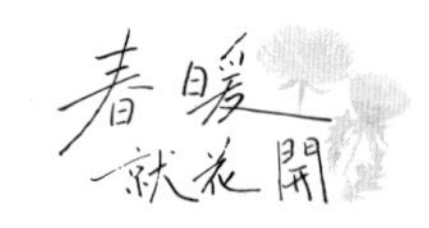

記得中一那年在結業頒獎禮上，坐在台下望着一個接一個上台獲得學科第一名獎項的師兄，感受他們獲得全場人拍掌祝賀時，最初我只是好生羨慕，然後我靈光一閃，發現如果我也成為台上的一分子，我的父母親也可以被邀請參與典禮。要考個全級第一、第二難，但要我精讀其中一科取個全級科目第一，這目標又不是遙不可及。更重要是，如果成功，我可以邀請阿爺來，給他看到老爸是如斯成功養育我，比之於他其他子女更形可貴。最後，我決定以此為回饋。

（儘管笑吧！當年的我的確很孩子氣。）

就這樣，往後的幾年中學生涯，我就無間斷邀請父母親、阿爺年年成為結業頒獎禮的座上客。而老爸每次總是西裝筆挺地坐在台下，比之於其他父親的便裝上陣，我感到多一分尊榮。更重要是，哪怕他向酒樓請假，需要自己倒貼工錢請來替工，他都從沒錯過任何一次出席的機會。在頒獎禮過後的茶會中，他總是跟校長、老師那般談笑風生，令人對自己的兒子多添幾分好感。

我知道，他除了送上支持外，更由那刻開始，送我一份「自尊自重」。

人貴乎自尊，自尊構成自信。擁有自信，無懼出身微寒，無懼旁人冷眼，令我往後一路走來，也不曾自慚形穢而自憐自艾。

人貴乎自重，自重才得來別人尊敬。受人尊敬，無論在學謀事，都每每事半功倍，引來四方貴人。父親沒有明言，但我心領神會。

還不止，在往後我追夢的日子，他時時刻刻都隱身其中默默支持。

由我第一次聯袂一班年輕作者戰戰競競舉辦簽書會，到後來在各大活動演講他都出席支持，而每一次，他都和往昔一樣「盛裝而至」，一切一切我都看在眼裏，感激之情藏於心底。

（他就是從來沒有質疑過我付出這麼多，究竟想有什麼樣的回報。）

以至於後來，我事業有成，追夢路上又有點成就，加之人到中年成家立室、生兒育女，我每一個決定他都給予充分的尊重。

坦白説，我從他身上學到的，是對下一代無可比擬的「信任」，還有難能可貴的「選擇自由」。

自從孩子出生以後，我才發覺為人父親那種知易行難，要做到像老爸般着實不容易，但我鐵定要跟隨其後，給予孩子廣闊的自由，讓他可以比我飛得更高更遠。

為着這個決定，我毅然捨下原本所擁有的一切，但我也沒信心這次可以得到老爸的體諒和支持，所以我一直等待時機向他坦誠一切。直至那一天，我如常跟老爸相約在村內的快餐店見面，我點過西多士熱咖啡，他點過燒鵝瀨熱奶茶，待侍應送上餐後，我便跟他一一道來。

他一直聽，一直吃着瀨粉，沒有打斷我的發言，也沒有質疑我的想法。直至我一口氣説完，他呷了一口奶茶，便徐徐地問：「真的只有這個選擇？」

我知道對於他，某些我説的所見所聞，都超出於他眼前的認知，我不求他會完全接納我的想法，但願他會像往昔般尊重我的決定。

我答他：「嗯，如果可以，誰會做這個選擇。」

他望着我，良久，説：「既然要做，就不用顧慮太多，只管去做你認為對的事。」

得到這期許的答案，我反而霎時語塞。他説：「這世上的選擇都沒有對錯之分，未來的路還有很長要走，你為人父親，應該懂得怎樣替你的家庭做選擇。」

我本想開口再説什麼，但老爸搶先説：「我們這一代要走的也已走過，孩子下一代才剛開始，你把他們生下，就有責任為他們着想。放心去做，不用掛心我們。」我眼圈紅了，就算到那刻，老爸也從來沒有改變過，而接下來的時間我再沒有説話，只默默聽着他的囑咐。

自那天開始，每當回老家跟他相聚後，他總會陪在老媽身邊跟我一起到停車場取車，然後看着我驅車離去。而我，總會從倒後鏡中望着他的身影逐漸縮小，最後消失於車後。

「叮！」解除安全帶的指示燈亮起，飛機平安進入氣流較穩定的高空。

「歡迎乘搭本班航班，本班機將由香港飛往……我們將度過愉快的航程，我是你們的機長……祝各位旅途愉快。」

機倉內響起的飛行廣播把我的思緒拉回現實，我望向身邊好夢正酣的家人，忽然想起老爸親手交給我那本族譜內曾經書寫過的家族故事。

那年，飢荒戰亂，我族中人隨宋廷南渡，自此落地生根。

那年，盜賊四起，族長攜村人南遷廣東，建村謀求生存。

那年，為避內戰，爺爺隨父親偷渡來港，及後自營酒家。

或者，不久將來，我會在當中加上一句，留給兒孫回憶。

世道循環，我不再多想，只好如老爸所説，隨遇而安，笑有出頭天，我們很快會再次相見。

我們會好好保重。

你和老媽也要好好珍重。

最重要的是，

我們有能力敞開，

可以去聽到我們不慣於聽到的東西，

可以用一種新方式去看待。

——Adyashanti

IV. 情理

巢立仁

不主成見 —— 先入為主的盲點

站在講台前，戴着厚厚眼鏡片，手裏拿着一本書的中年男士開腔了：「我買過很多套不同的中國文學史來讀，以前的學者寫的、近代的專家寫的；一冊裝的、四冊裝的，但到現在，一本都不剩下了，除了這一本。」個子不高的男士，舉起了手中的書説：「就是這本《十四朝文學要略》，只有這一本，我最欣賞。雖然劉永濟先生只寫到隋朝之前，但在説中國文學史的書裏，我最喜歡這一本。」

那是陳老師任教的先秦兩漢文學史課，也是我在香港中文大學上的第一堂中國文學史課。當時，我沒有聽出陳老師説話的「含意」，只注意到老師提到了一些參考書。課後，我立即發揮「好學生」本色，到圖書館和不同的書店，找老師上課提到的書，結果，真的讓我入手了好幾套中國文學史，其中，也包括了這本老師高度讚賞的《十四朝文學要略》，然而當我翻開書一看就發現：「咦，用駢文寫的？」

當時，我以為駢文就只是「美文」，是那種文句一雙一對的，整整齊齊，寫得漂漂亮亮的「工藝性」文字，這種文字也只適合抒情和寫景，例如魏晉南北朝時劉令嫻的《祭夫徐敬業文》就以：「雹碎春紅，霜凋夏綠」抒發丈夫早逝，天妒英才的傷痛[1]，詞語簡煉而感情深厚，而又如唐代王勃的《滕王閣序》則以「落霞與孤鶩齊飛，秋水共長天一色」[2]，讓人看到從滕王閣極目所能捕捉的獨有景色。

可能因為中學時看到的文學史書都對駢文的評價很偏頗，所以我一向認為駢文就是一種「文學性」十足，而「嚴謹度」不足的文字，那麼介紹中國文學史這種內容千頭萬緒，道理要仔細辨明的科目，駢文又怎能勝任呢？為此，當我看到這本被老師推薦的書竟然是用駢文寫的，當下就覺得它一定只是徒有外表而沒什麼內容的書。

再者，當我細看一下出版説明時就更發現：「《十四朝文學要略》（上古至隋）是劉永濟先生在二十年代末在沈陽東北大學講授中國文學史所編的講義。」

「吓，1920 年代的講義？」

這本書是時間老舊的課堂講義？難怪書中，總是大段大段地引用古代文獻，而且引用數量之多，讓這本書都有點像是中國古代文學史資料彙編了。這個發現讓我更進一步敲定了心中的「負面印象」，覺得這本書的內容架構一定很粗疏，道理也一定很淺薄，不會是嚴謹的學術著作。順着這個想法，心裏其他的疑問也翻湧起來：老師是刻意推薦一本只是文字「厲害」，但沒有什麼內容的書，欺負初入中文系門檻的小毛頭嗎？又或這是老師設計的一個陷阱，特意偽稱一本內容過時的講義為好書，試試我們會不會主動學習？

在第二堂課時，我就忍不住向老師「請教」：「陳生，我買到這本書了」，接者就拿出《十四朝文學要略》以證明自己「用功」，然後就說：「但是這本書是用駢文寫的，會不會講得比較籠統或抽象呢？」

結果陳老師不慌不忙地回應道：「怎會呢？這本書雖然用駢文寫，但比其他用白話文寫的文學史，反而有不少地方更能講中關鍵呢！書中往往只是三言兩語就總括了最精要的道理，而且這些精簡的評論都能一針見血，讓人看見作者深厚的學力！還有，劉永濟這本書引用了大量優良的第一手材料，以古證古，以古人的話評論古人的創作，讓我們看到當時的人是怎樣看當時的寫作，反映了真實的古代文學觀念，寫得很扎實啊！」

「咦！」我當時只發了一聲，就說不下去了，因為老師的話，一下子就讓我發覺自己有「不妥當」的地方。

第一，早有「成見」，沒有客觀地反思自己的觀點或標準。當我一發現這本書是駢文寫的，負面印象先入為主，認定這是寫得不好的學術書，就沒有再仔細閱讀它的內容，更沒有將它與其他的文學史作一比較。雖然會這樣想，可能是因為自接觸「駢文」這個詞以來，就不斷聽到它的刻板印象（玩弄文字技巧，沒有實質內容）。但更重要的是，因為自己隨波逐流，人云亦云，慢慢形成了輕視駢文的「成見」。

第二，「岑樓齊末」，不問根本。陳老師提到的「真實的古代文學觀念」，我當時根本沒想過有需要去追尋或探索，因為「以古度今」──用現在的觀點衡量以前的事物，已成習慣。我當時以為既然文明是越來越進步的，那用今天對事物的理解，又或用今天的標準或概念（例如何謂文學）去量度古人的創作才是最合理的。

然而孟子已提出「不揣其本而齊其末，方寸之木可使高於岑樓」，如果所有事情都不考慮其根本或本質，而只是隨意選擇一個角度去量度和比較，那麼得出的結果一定極易偏頗和不合理。換言之，我沒有根據要學習的對象，細心考慮應該採取的最合理做法，而只是盲目追求一視同仁，自動將「以今度古」視為最佳並且唯一的閱讀方法，這樣，其實也是一種「成見」。

即便發現自己有這兩個「不妥當」，我還是有點不服氣、還是意圖找出這本書的「不是」之處，掙回一點面子，所以繼續問道：「但是老師，這本好像不是正式的出版物，只是教書的講義，會不會太簡略，或者不太嚴謹？」

陳老師似乎並不驚訝我會這樣「追問」，他回應説：「不要小看當時的講義啊！這本講義，是劉永濟先生對中國文學

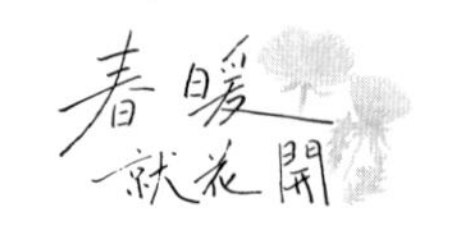

史的『一家之見』。這本書講述了他對中國古代文學特點的理解，特別是學術與文學的關係、文學的類型、文學的價值及文體的演變過程等。中國的二、三十年代，要出版學術不易，舊時候的學者對自己很嚴格，雖然學問研究得很認真，也得到不少認同，但就是不肯輕易出版個人的學術著作，有些很極端的，例如黃季剛先生，甚至主張五十歲前不要有著述。劉永濟先生有很多書都是在他過世後才正式出版的，但那些都是好書啊！」

老師的回應讓我又有了一連串的思考。一部嚴謹的學術著作可以簡單地以發表或出版的方式來標籤嗎，例如，要人家替你出版，也即非自費出版的才嚴謹，而由大型出版社出版的就更嚴謹，如果能由大學出版社審核過，然後再出版的，那就最嚴謹？如果這種想法是對的，那麼出版的方式其實就是「品牌」，學術的高低，只管看「品牌」就好了。深入考慮，這種完全取決於「品牌」的想法，雖然不無道理，但也的確未能照顧學術著作的不同情況，而不管對象的情況就單以這個標準來評價作品的價值，那也無異於「岑樓齊末」了，這樣一想，自己也覺得有點不好意思了。

聽了陳老師的説話，自己也終於回去細讀這本書。原來劉永濟先生用「美文」寫作的評論，非常精確，而且又往往附上古文寫作的評論説明、來源證明或擴展補充；對古代中國學術發展與文學發展的關係，有探本求源式而自成體系的解說；而且也小心闡述了中國古代文學觀念及文體發展的過程，所以的確是非常扎實又很有識見的學術著作。如果我當時被「成見」所囿，因為書的文字風格、寫作方法或出版形式而輕視了它，那就十分可惜了。

陳老師的中國文學史課已是數十年前的事，但這本《十四朝文學要略》[3]到今天仍在我的書架上，書雖然翻舊了，它和老師給我的教訓──不主成見，卻記憶猶新。常有人說學習是一個成長的過程，而「不主成見」正是令到學習得以成功的重要一步。

不要被「成見」左右、不要先入為主，聽起來，是很容易的事情，事實卻不易辦到。生活充滿了各種「成見」，而這些成見可以令人活得很方便、很輕鬆。試想想，平時買東西或吃飯等的日常事務，是不是都頗依賴「品牌」，又或「同儕」提供的指引？至於涉及行為或言論的對錯等，屬於價值觀範疇的問題，大家又會不會傾向遵從權威，直下判斷，樂於成為「主流意見」的一員？

由是可見，「成見」的威力真的無遠弗屆，而要求「不主成見」似乎就有點不切實際，甚至為反而反了。然而細想一下，「不主成見」，不是指凡「品牌」必揚棄、凡權威必

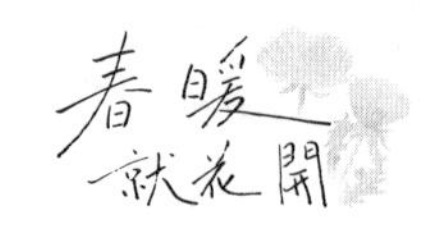

反對，「品牌」可以參考，但不應該單單取決於「品牌」，因時制宜地考慮不同的標準才是合理的做法；權威可以信服，但驗證支持權威成為權威的理據，應該是成為信服權威的必要條件。

由此可知，「不主成見」不是要顛覆大部分人的生活習慣，而只是提出自主意識的重要，鼓勵希望成長的人改被動為主動，並重視追求真確；通過主動思考主張或標準是否合理，來認清對象的真正價值。

註釋：

1. 春紅和夏綠，都是美好的事物，劉令嫻以二者象徵自己那很有才華的夫君，而春天下雹和夏天結霜，都是異常的天氣災害。詩句以異常的天災突然破壞了眼前的美好事物，借喻夫君的早逝是天降橫禍。

2. 上句是一瞬而起的動景，下句是無限延伸的靜景，兩句並立，混然一體，營造了在廣闊無垠的景色中出現了急躍騰昇的活動畫面，氣勢超然，令人神往。劉麟生先生《中國駢文史》曾指這兩句的結構安排，實來自魏晉南北朝人庾信《三月三日華林園馬射賦》的「落花與芝蓋齊飛，楊柳共春旗一色」，但王勃選取和安排景物所營造出的氣勢和所製造的感情效果則完全不同。

3. 我手上的是 1984 年黑龍江出版社出版的簡體字橫排本《十四朝文學要略》，2007 年中華書局也再版了這本書。現在在大學圖書館或一些電子書庫，還能找到 1946 年出版的繁體字直排本。

因情入德——愛是個什麼東西

中學時代，午飯時很多同學都喜歡走遠一點到九龍城吃，當時有一間賣舊書和文具的書店，同學常會到訪。有一次，我發現它竟有五冊裝的《陸游集》，雖然那是1976年，中華書局出版的簡體字書，既沒有注釋，而且也是舊書，但版面比起其他排印本更工整，校對也明顯很用心，當時就很想立刻就買下來了。

一看書價三十多元，在八十年代初，對一個沒有多少錢的中學生來說，價格一點也不低，結果只好「暫存」在書店。嗣後，每次經過這家書店，都會翻一下這套書，有一次在翻閱時，不經意就翻到了〈示兒〉。

陸游的〈示兒〉是很多人耳熟能詳的詩，也是香港小學課程的教本，所以很多香港人第一次接觸陸游就是因為這首詩，對很多來人說，這首臨終絕筆也代表了陸游：

死去原知萬事空，但悲不見九州同。
王師北定中原日，家祭無忘告乃翁。

在人生將盡時，也不忘恢復中原的志業，這首詩讓陸游

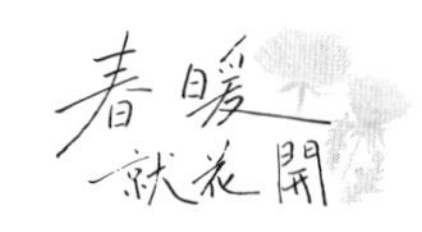

無愧於愛國詩人的冠冕。雖然詩是以交待身後事的口脗寫的，但激蕩之情滿溢，末二句抒寫了對恢復中原偉業的強烈信任，要表達的，與其説是夷夏之辨的民族大義，更應該説是一位老人家對志業未成、對家國破碎那份永不磨滅的傷痛。

愛國詩詞讓人感動，很多時並不是因為它以威棱莫犯的態勢展示了道德規範，而是因為能展現人人皆有的同情共感，和由這份感情支持的道德人格。〈示兒〉正可予人這種「由情入德」的感動，讀者通過詩句的至死不渝之情，聯想到陸游貫徹其北伐訴求的不屈人生和體會那始終如一的道德人格。

陸游的影響很大，日本研究者高津孝甚至認為，「愛國詩人」這個詞的誕生，與清末民初人梁啟超對陸游的評價有關[1]。但其實對陸游其人及其詩產生共鳴的人，不需求諸七百多年後，我剛在大學念一年級時，就偶爾發現有一個叫林景熙的宋遺民，寫了這幾句詩：

青山一髮愁濛濛，干戈況滿天南東。
來孫卻見九州同，家祭如何告乃翁。

蘇軾曾有詩云：「青山一髮是中原」，可見這裏的前二句是寫中原落於異族之手的愁雲慘霧，而後二句則呼應陸游遺言，以子孫無言以對祖父的臨終冀盼，來表達了亡國破家之痛。

為了看清全詩，我當時也很著力去找了一下林景熙的詩文集《霽山集》，結果沒多久，就讓我在旺角的一家書店找到舊書。那是 1960 年，由中華書局出版的排印本，詩的部分有元朝人章祖程的簡單注釋，書的編者（中華書局上海編輯所）也見花了一些功夫去整理林氏的作品，在翻到〈書陸放翁詩卷後〉這一詩題，就看到了：

天寶詩人詩有史，杜鵑再拜淚如水。
龜堂一老旗鼓雄，勁氣往往摩其壘。
輕裘駿馬成都花，冰甌雪椀建溪茶。
承平麾節半海寓，歸來鏡曲盟鷗沙。
詩墨淋漓不負酒，但恨未飲月氏首。
牀頭孤劍空有聲，坐看中原落人手。
青山一髮愁濛濛，干戈況滿天南東。
來孫卻見九州同，家祭如何告乃翁。

原來直接回應陸游遺言的那幾句，是全詩的結尾。如果沒有看到全詩，那一定會以為這詩只是悲傷故國，但其實林景熙總述了陸游的成就與生平。

詩的開首即評價陸游作品，指可以與杜甫（天寶詩人）比較（龜堂一老指陸游），重點借「詩史」一詞道出兩人的詩歌對家國的關懷，其後兩句寫為陸游為官時的溫雅（輕裘二句）和有志歸隱的閒適（承平二句），帶出了陸游的不同面貌。至於「詩墨」四句則轉入了寫壯志未酬，完全配合最末四句抒發的家國之痛，這首詩讓我們看到了經歷和感情同樣豐富的陸游。

我很慶幸自己有閱讀整首詩，因為還記得在大學二年級的一個歷史學科的報告裏，負責報告的一位男同學也引用了這首詩的最末四句，但他卻說：「其實這首詩下面還有好幾句，因為太長，所以就不引用了……」當時我心裏立刻「爆」出一句：「亂噏一通」但我最後也沒有說什麼……

林景熙的詩文集，多年後，我再買到了 2017 年版，陳增杰先生功力深厚的注釋本，然而對林氏的印象，是奠基於第一次翻閱 1960 年版的舊書的。當年翻閱一頁又一頁麻黃色的紙張，看到很多首與宋代著名愛國人物或事件相關的詩，當讀到了寫岳飛的〈拜岳王墓〉、寫文天祥的〈讀文山集〉、寫陸秀夫與宋帝昺自殺的〈題陸秀夫負帝蹈海圖〉和讀到了相關宋陵墓被掘事件的〈夢中作四首〉及〈冬青花〉[2]，感覺好像被詩歌帶到宋末元初那個時代，親歷林景熙這位亡國破家者的視角，而引領自己的，正是見諸每一首作品的真摯之情、沉痛之感。

孔子說：「仁者，愛人。」孟子也曾說：「先王有不忍人之心，斯行不忍人之政」，林景熙特別令人感動的，就是源自關懷的悲慟，他和陸游都讓我們看到因為不捨故國覆亡、痛切同道喪生所造成的種種痛苦，而人類所具有的同情共感，讓我們即使在千百年後，仍能被這份痛苦所感動。

回想起自己以前讀屈原〈離騷〉時，也特別留意到結尾的這幾句「陟陞皇之赫戲兮，忽臨睨夫舊鄉。僕夫悲余馬懷兮，蜷局顧而不行。」那是一個想像的情景，屈原說自己決定要從天上飛走，離開這個背棄他的楚國，但當正要飛走時，卻從雲間看見自己的故鄉，那時候，僕人們悲傷起來了，馬也想念家園了，大家都駐足不走了。

我很訝異這幅想像帶出了如此真實的傷感，人類的同情共感，讓我們不但打破時代，也可以打破現實的限制，情感的威力之大，於斯可見，而且能引起這種共鳴作用的，可不單單只有愛國之情。

愛國雖然成為了陸游最亮眼的標誌，但其實陸游的「感情」絕不單一，陸游和前妻唐琬的故事就很能引起共鳴。現在我們普遍認為名作〈釵頭鳳〉是寫陸游和前妻唐琬在禹跡寺南沈氏園[3]偶遇後所生的悔恨：

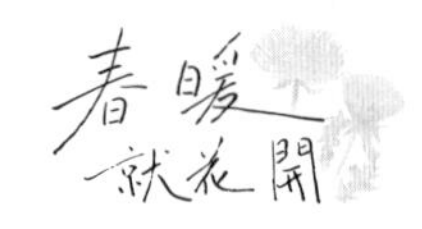

紅酥手，黃縢酒，滿城春色宮牆柳。東風惡，歡情薄，一懷愁緒，幾年離索。錯，錯，錯！春如舊，人空瘦。淚痕紅浥鮫綃透。桃花落，閒池閣。山盟雖在，錦書難託。莫，莫，莫！

這首「愛情」詩詞，不但讓有自由戀愛觀念的現代人「注目」，而且在宋朝時就已經是熱門話題，在宋代有不少人「傳說」陸游與表妹唐琬的悲傷故事[4]。

故事內容，大體是指他倆雖然夫妻相諧，但因為陸游母親不喜歡這個媳婦，所以兩人還是離了婚，而唐琬則改嫁趙士程。〈釵頭鳳〉是陸游三十一歲時遊「沈園」，偶遇已改嫁的唐琬後寫的。詞作中「離愁別緒，山盟成空」的痛心之語，抒發了使人動容的傷心落寞[5]。

陸游終其一生，不斷表現對唐琬的「真愛」，在唐琬亡故後多年仍寫下：〈余年二十時嘗作菊枕詩頗傳於人，今秋偶復采菊縫枕囊凄然有感二首〉、〈禹跡寺南有沈氏小園四十年前嘗題小闋壁間偶復一到而園已易主刻小闋于石讀之悵然〉、〈沈園二首〉及〈十二月二日夜夢游沈氏園亭〉等多首追念之作，而最後一首〈春遊〉更寫於八十四歲，離陸游離世只有一年，真的是地老天荒，此情不渝。

陸游對自己感情的真誠無隱，歷久常新，當然非常令人感動，那麼唐琬有寫什麼嗎？現在流傳唐琬曾和應了一首答詞，但宋朝人的記述只留下了：「世情薄，人情惡」兩句，現在看到的完整作品[6]，是在清代的《御選歷代詩餘》中才出現，他人擬作的可能性甚高。問題是，擬作就一定沒有價值嗎？我倒覺得那裏面有一份善良，人心希望圓滿，才會補上這首詞，或許大家都希望唐琬也和陸游一樣深情吧。

深於感情的愛國者，還應該要提及明末清初的傅山。我認識傅山，已是八十年代末，在初讀大學研究院時的事，那時老師建議研究「明遺民」，其中一人即傅山。

傅山，字青主，生於1607年，死於1684年，山西太原陽曲縣人。家數代有名聲。在明代時無官位，只是一個生員，但因為學博識高和有冒死救援自己老師[7]的義舉，所以名氣甚大。加上他精於醫道，同時又擅長詩、文、書法及繪畫等文藝創作，在明代已是一個博學多才型的「高士」。清入主中原後，他就決定退而不仕，清廷數次下召授官，都遭到各種理由的推辭，最後在傅山晚年時，清廷的官員就不管他稱病，不肯奉召入京，居然連人帶牀把傅山抬到京城，強迫他接受舍人的虛銜。

傅山不少詩文都寫了自己不肯投降的人生態度，但尤其

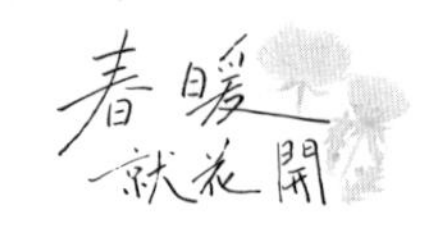

突出的是他如何對待自己的感情，他曾在〈病極待死〉一詩云：

世世生膝下，今生之二親。
莫謂恩愛假，父母愛我真。
佛謂恩難報，不必問諸人[8]。

傅山習佛，佛教有諸相俱空、萬物非真有（虛假）的説法，但傅山指父母對自己的真愛極偉大，所以即使輪迴轉世無數次，都希望重當他們的兒子。另外，詩句又指父母愛己之情，恩重如山，難以回報，那是昭昭可見而無需任何證明的，傅山這樣寫，無異於説父母和自己的愛，可以不依佛理。他在〈見內子靜君所繡大士經〉（乙酉）更寫道：

斷愛十四年，一身頗瀟洒[9]。
豈見繡陀羅[10]，悲懷略牽惹。
即使繡花鳥，木人情已寡。
況為普門經[11]，同作佛事者。
佛恩亦何在？在爾早死也。
留我惟一心，從母逃窮野。
不然爾尚存，患難未能舍。

人生愛妻真，愛親往往假。

焉知不分神，勞爾盡狗馬。

使我免此嫌，偷生慈膝下。

紺緣傳清涼，菩薩德難寫。

詩中強調自己和妻子都學佛，但面對專門講求解救他人、普渡眾生的佛學道理，他想起的卻是對妻子的感情。詩寫得很自然，將發現自己真正心意的過程如實呈現。傅山寫自己在妻子過世多年後，以為已不為夫妻之情所動，但誰知道拿起了一幅妻子的刺繡，深藏心底的愛意又被惹起了。

詩歌説菩薩有恩德，但那是什麼恩德呢？就是讓妳早死，為何讓妻子早死是恩德呢？因為那樣妻子就不用吃苦，不用跟他一起窮居荒野，也不用再如狗馬般為家庭操勞，更不用看到他難以兼顧老母親和妻子的窘迫。傅山全詩以佛恩作掩飾，道出了：「人生愛妻真，愛親往往假。」的真正心意，這兩句很震撼，不但是因為在古代這樣説可能惹上有乖倫常（父母不及妻子）的指控，而且是因為傅山敢於直接承認對妻子有如此深厚的愛。

傅山的妻子姓張，名靜君，她過世時，傅山也只有約二十六歲，在妻子死後，傅山終身未娶。

其實在傅山的詩作裏，最讓我感到傷感的，是他為過世孫女寫的一首詩，〈悼孫女班班〉：

> 弱女雖非男，慰情良勝無。
> 阿爺徒解醫，不及為爾咀。
> 遂使曾祖婆，失一嬌女娛。
> 生怕阿醴尋，妹妹來牽車。
> 微情無不到，連日廢我書。
> 極知恩愛假，真者定何如？

詩的最末二句似乎對愛的真假提出了懷疑，但傅山這首詩其實已給出了充分的答案。

詩的中間，寫出了看來輕描淡寫的細節：「生怕阿醴尋，妹妹來牽車」，小兄長不知道妹妹死了，想找她一起玩耍；一個純真小孩的活動，一個不知悲傷的小玩樂，惹起千萬感慨。正因為如此，傅山才道出另一個真實「微情無不到，連日廢我書」，傷心之極，日常生活也不能正常了。由這裏反觀詩的前半段，詩開首二句：「弱女雖非男，慰情良勝無」不是在說重男輕女，而是意圖用反話，說得自己好像不太重視這個孫女來淡化傷心之情。

而接着的：「阿爺徒解醫，不及為爾咀」[12] 兩句似乎只是說明自己不及為孫女調藥治病。然而傅山是山西有名的醫生，卻連自己的親孫女都不能救治，那份無能為力的悔恨也就可以想見了；至於：「遂使曾祖婆，失一嬌女娛」則更是舉重若輕地表現了深切的自責，侍母至孝的傅山認為是自己的無能讓孩子去世，所以用平靜的語調説自己令母親少了一個可以令她開心的對象，平淡而沉痛。

詩的前半段（首六句），以表面上是自我抒解的寫法，表現了不同角度的痛悔與自責，似薄情而實極深厚，結合詩的後半一起觀照，全詩以平淡寫悲傷，實錄多而評價少，這種讓讀者自行體會的處理，反而深深動人。

「由情入德」，先求其情；愛國愛人，本非二途。這幾位愛國名人讓我們看到，感情可以不必單一，但應該真摯；他們也讓我們看到，愛不必分先後，近如對妻子或親人的愛，或遠如對民族或同胞的愛，可以並行不悖。

由是言之，要讓人「由情入德」，可以通過多方面的同情共感來培養。中學時代看見的那五冊裝《陸游集》，我最後也買下來，其後也陸續買了一些陸游作品的選集和校註本，反而這一個版本已湮沒消失，多年未再「目睹」，其實很可能在之前的數次捐書活動中捐出去了。然而奇怪的是，不知為何，這套書在九龍城書店架子上的模樣，常常在我翻閱其他舊書時閃現，清晰鮮明。

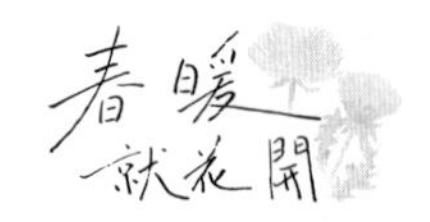

註釋：

1. 高津考認為梁啟超〈讀陸放翁集〉四首落實了陸游的愛國詩人身份，而後來多部中國文學史就多繼承了這種看法。

2. 元朝任命的江南釋教都總統（統率江南佛教的人）楊璉真迦，勾結了當時的宰相桑歌，盜掘宋朝皇室陵墓，共達一百一十多座。當時，不但盜取陵墓的財寶，更大肆破壞屍體，令宋朝皇室帝后諸人的殘肢斷骸遍散山頭，唐珏和林景熙等人不忍，就假採藥之名，上山收拾宋皇室的遺骸，另覓埋葬處，其上樹以宋皇陵原本也會有的冬青樹。

3. 即今浙江省紹興市越城區魯迅中路 318 號。

4. 由宋朝劉克莊《後村先生大全集・詩話續集》，陳鵠《西塘集・耆舊續聞》，再到周密《齊東野語》等均記其事。

5. 據夏承燾和吳熊和《放翁詞編年箋注》，「錯」、「莫」兩字，是「莫錯」或「鏌莫」一詞的分拆單用，兩詞在唐詩中均有落寞的意思。

6. 唐琬〈釵頭鳳〉：「世情薄，人情惡，雨送黃昏花易落。曉風乾，淚痕殘，欲箋心事，獨語斜闌。難，難，難！人成各，今非昨，病魂常似鞦韆索。角聲寒，夜闌珊，怕人尋問，咽淚裝歡。瞞，瞞，瞞！」

7. 在明末時，冒死上京為自己的老師袁繼咸喊冤。

8. 詩句指我願世世代代都生於今世的父母膝下。佛家雖説各種恩愛都是假的，但我的父母對我的愛絕對為真。佛説父母之恩難報，這是不需要向各人求問來證實的。

9. 指妻子已去世十四年。

10. 有佛教曼陀羅圖的刺繡。

11. 即妙法蓮華觀世音普門品，佛教中説觀世音普渡眾生道理的經典。

12. 咀，指㕮咀，意思指用口咬碎藥物，後來指用工具弄碎藥物，方便煎製。

仁民愛物——自古文人多貓奴

自小就很喜歡貓，但小時候對貓最深的印象卻是一次很可怕的經驗。

記得自己應該是初小時，有一次和家人一起到勝利道的寵物店，當時為什麼會去已不記得了，我只記得那家店有一頭長毛貓站在一個籠子上，貓毛的顏色，我也不記得了，只記得牠站得很端正，看起來有點「宏偉」。我禁不住就靠過去「觀察」，可能我實在太貼近，也可能我的動作太突然，長毛貓猛然就往我臉上擊出一拳。那快、狠而鋒利的一拳，立刻在我的左眼下開出了三道血痕，在大哭中我由家人抱着「敗走」，至於那貓爪的痕跡，則要在多年後才完全從我的臉上消失。然而那不但沒有「撲滅」我對貓的興趣，反而惹起了更大、更多的好奇。

因為家父喜歡動物，所以家裏從來不缺小動物，記憶中，自我出生後家中曾飼養不同的狗、雀鳥、魚類、烏龜、鸚鵡及兔子，甚至還有猴子。不記得為什麼，家父曾帶一頭猴子回家蓄養，但因為野性難馴，很快就送走了。但唯獨卻沒有貓（據說在我出生前是曾有過的），所以我第一次養貓，是自己已成年，另有居所後的事。當年初見兩頭小貓和把牠們

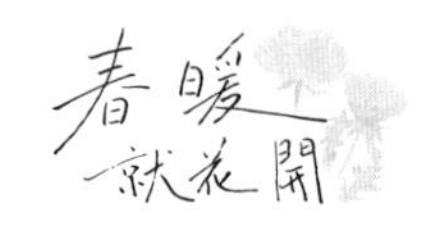

接回家的興奮，宛如昨日。

這兩頭小貓，一純白，一為狸花貓。白貓異瞳，一藍一黃的眼睛，非常漂亮；狸花貓則碧目，明亮光溜，很是迷人。牠們是姐妹，由一頭常到訪某一沙灘救生員更亭的流浪貓所生，我領養了牠們不久後，牠們的母親就遭流浪狗襲擊斃命，領養就變成沒有明言的「托孤」了。

自從養貓之後，對各種關於貓的資料都特別留意，好像知道了伊斯蘭教視貓為純潔的象徵，據說先知穆罕默德就很喜歡貓，還流傳了故事說一次該去祈禱時，穆罕默德發現當時他的貓同伴米埃扎（Muezza，意思是寶貝）正睡在他衣服的袖子上，為了回應真主的召喚，但又不驚擾同伴，穆罕默德就割斷了袖子。

然而西方的情況則比較奇怪，雖然也有對貓很好的人，但大量虐殺貓的行為卻也很普遍，例如現在比利時的伊珀爾（Ypres）有「拋貓節」（Kattenstoet）。據說起源是 1938 年有一群教堂的祭堂男孩帶貓玩偶巡遊，他們在抵達教堂時，會從鐘樓拋下貓玩偶，而在 1955 年開始，這個節日變成了每隔三年舉行一次的大型貓偶及音樂巡遊，但這個活動的古老根源，其實很黑暗。

這個活動相信來源於中世紀時，歐洲好幾個國家的人，會選定一天，燒出一個大火，把一袋袋或一綑綑的活貓，拋到火裏。當時的歐洲人認為貓是邪靈，或邪惡生物（十二世紀晚期的作家沃爾特 · 麥普就説魔鬼以黑貓之形降臨人間），也認為牠們是女巫的同伴，虐殺貓是驅邪。然而其實更多人在這個「營火節」唱歌跳舞，當成了一種娛樂，據説連法皇路易十四也有參與過這種活動，而「拋貓節」最後一次虐殺真貓的活動舉行於 1817 年。

那中國人對貓又有怎樣的態度呢？

現在我們能看到很多不同的中文「貓書」，有教人如何養貓、有説明貓的各種特徵，有大談貓的可愛之處，也有以貓的視角來論説各種學問等形形色色的寫作，總之類型繁多，各適其適，然而，寫貓的專著其實很遲才在中國出現。

現存最早的寫貓「專書」要算江蘇嘉定（上海）人黃初桐的《貓乘》和永嘉（溫州）人黃漢的《貓苑》，兩本書都是清朝中晚期的作品，而且設計近似。兩位作者搜羅中國古代經典中各種關於貓的詩歌、文章、小説、傳説、藥方及飼養方法等，編成一本包羅萬有的資料匯編。

《貓乘》的作者説自己這部書的寫作機緣是因為創作寫貓的詩詞時要收集材料，越收越多，後來就編成一部專著；而《貓苑》的作者則説自己是「人莫有不好，而吾獨愛吾

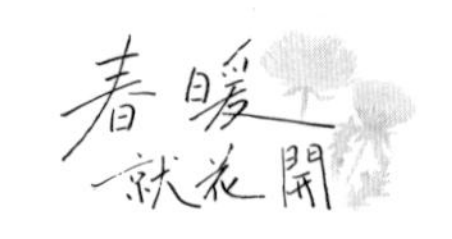

貓」，是因為愛貓而專門編集材料成書。兩書的編寫出發點雖不同，但都有點抒發不滿現實情緒的寄意。

這兩部書有很多重要的文化知識，例如中國人認為動物都有天職，而貓的天職就是捕鼠，這是最早見諸《禮記 · 郊特性》篇中的記載，圍繞這一個天職，就生出了很多故事和詩文創作；另外，中國人最晚在魏晉時，就將生物置於陰陽五行系統之下，而貓是陰獸，這也讓貓成為了很多奇奇怪怪故事的主角。

然而如果以貓作為主體，作為值得尊重的生物來考慮，中國人對貓的態度真的不太好。這兩部書的記述，基本上讓我們看見，中國人都把貓當成牲畜、工具、賞玩品、奇珍品、藥用品，甚至食品，如果能被當成是寵物或歌詠的對象，那好像就已經很不錯了。例如梅堯臣就寫了〈祭貓〉詩感歎自己的「五白貓」很有功勞，實在值得懷念，詩寫得頗有感情[1]。

但當然，也有少數的寫作是把貓當成朋友或親人的，例如陸游就寫了「服役無人自柱香、貍奴乃肯伴禪房」[2]、「前生舊童子，伴我老山村」[3]等具開創性的詩句。陸游的詩句，首見不根據實用價值來評論、懷念、感激或批評貓隻，而視貓為獨立個體，視貓為良朋友伴。總之，可以說在中國人的眼中，像貓這種非人生物沒有跟人一樣的地位。

《孟子 · 盡心篇》說：「君子之於物也，愛之而弗仁；

於民也，仁之而弗親。親親而仁民，仁民而愛物。」孟子認為愛人與愛生物不能有同一套標準，愛人和愛生物也應該有一個推進的過程。對人的是仁愛，那是根源於人的善性而生的人人平等式關愛，但對動物的愛惜，那是對保護及保養有用之物或所有物的愛。漢朝人解釋孟子這一段説話時認為，孟子説的愛生物其實是指養育牲畜，那是會被使用，甚至可以被殺掉的。這種説法將人區別於生物之外，用現代的眼光看，可能有歧視動物之嫌。

然而，孟子的説法其實很有價值，也很重要。因為第一，那代表了當時中國人對人與生物關係的看法，所以有文化意義；第二，孟子提出了一套針對現實情況來實踐道德行為的方法：儒家提倡人人都可以做聖人，但這個理想看起來實在很「高遠」。孟子就因應現實情況，指可以從人類的情感本能出發，鼓勵人類正視對同類的仁愛和對生物的愛惜，更鼓勵正視親疏有別、人物相異的情感現象，以愛為中心逐層推進，由近而遠地連接人與生物。

這種從小處培養善心，讓自己的善心成長到能連結人與生物的倡議，影響很大。好像蘇東坡〈次韻定慧欽長老見寄八首〉説「愛鼠常留飯，憐蛾不點燈」，那就是將對人的仁慈之心，推廣到動物身上。而比蘇軾時代更早的白居易，有〈鳥〉詩云：「誰道群生性命微？一般骨肉一般皮。勸君莫

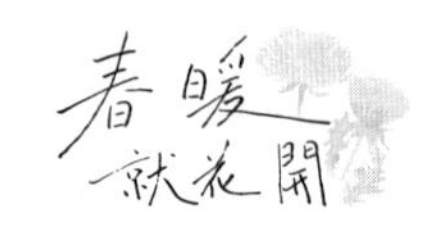

射枝頭鳥，兒在巢中望母歸。」更指出生物與人一樣有倫常，己所不欲，勿施於「物」，人與物的關係就拉得更近了。

能真正實踐這種由人而及生物的仁慈，古代中國人認為是極其有德的表現，所以是會有回報的。唐代張讀在《宣室志》就記載了一個故事，說寶應（公元762-763年）年間，有一家居住在洛陽姓李的人，他們祖孫三代都因為不喜歡殺生，所以沒有養貓捕鼠。有一天李氏大集親友於家裏的大堂上飲宴，忽然門外來了一大群數目達到數百頭的老鼠人立而起，鼓動前足，好像很興奮那樣。家中的僮僕覺得很驚奇，回去告訴了李氏，李氏和親友就離開了大堂去觀看，當人都離開後，大堂忽然就崩塌了，所以沒人受傷。而大堂一塌下來，那群老鼠也跑掉了[4]。

如果以現代科學的知識來考慮，極可能是因為原本住在李氏房子下面的老鼠發現老房子快要塌了，所以先行逃命，而群集式的逃亡過程反被誤會是在給人類示警。然而，故事要強調的不是一樁科學觀察，而是仁慈行為的實質回報。這個故事除了可視作佛教慈悲、善有善報觀的具體示範，其實也頗符合儒家推廣仁愛的宗旨。

豐子愷先生的《護生畫集》和吳藕汀先生的《貓債》兩本書都很能體現這份傳統的生物仁慈觀。豐先生的書，由

1940 年開始創作，到 1979 年豐先生身故後，六卷全集才能在新加坡首次出版。《護生畫集》是以佛教的慈悲觀來觀照所有生靈和人事的傑作，貓也包括其中。書的故事，例如〈被棄的小貓〉表達對被遺棄動物於心不忍、誰能援手的期望；〈托孤〉寫古代小說集《虞初新誌》中記載一頭育幼中的母貓願意「收養」喪母小貓的事件（其實是來自韓愈的文章〈貓相乳〉的故事）；以及〈還我小寶寶〉認為母貓對抱着牠兩頭小貓不放的兒童「喵喵叫」是在說「還我小寶寶」等等，都簡明易懂，展現了佛教中不分彼此，生物也應該得到和人一樣關顧的用意。至於〈白象及其五子〉一篇，豐先生更借自己養的貓── 白象對其子女的照顧，展現了貓能有與人全無二致的偉大母愛，表達了人貓一如的觀點。

至於吳藕汀先生的《貓債》，則是一本專題「貓書」，書中寫他自己一生與二十多頭貓的故事，由二十年代，寫到約八十年代。吳先生不但是版本目錄學家，經常與古書為伍，而且工於詩詞並擅長繪畫。他自己愛貓非常，書中以淺白文言，優美的詩詞和畫作，配合難得的時地圖片，抒寫悲多於喜的人貓故事。書中陳述的各種離合生死，既說出吳先生自己及其家人和貓的深厚情誼，也側寫了那個時代的艱難生活，筆觸淡然，情多無奈，卻因為多能直中人心痛處，所以反而不必多言，就能讓人感慨良多。

在書中，吳藕汀先生稱讚自己曾養的一隻「貍貓」是「仁獸」，因為「貍貓」不但視收養而來、共處一室的「水鶉鴣」（斑鳩）為同伴，會力加保護，而且在同伴被野貓突襲擄走後，更「若有所失」，表現了有難能可貴的仁愛。作者將儒家認為是人類特有的仁心仁愛，投射到貓的身上，以簡練而深摯的書寫，讓貓這非人之獸，不但美麗，而且具備超越其種族之德行，令人敬愛。在讀過的數百本貓書中，我最喜歡的就是這本。

在 2001 年七月到十一月，日本有一個叫「化身為天使的寵物（貓篇）的投稿募集」活動，其中五十篇稿子，集結成為《化身為天使的寵物（貓篇）》這本書出版。海原純子在書的序言〈有貓咪陪伴的日子〉說：「在有貓咪陪伴的日子裏，我深愛對方直到牠死去，每一段和貓咪相處的過程，都是我極富意義的回憶。」書裏的篇章，有由十五歲到七十四歲的人士寫下對自己貓咪的各種回憶和感激，有些回憶是五十多年前的，但短短的字句，直白的描述和真誠的道謝卻非常讓人感動，要看純粹抒情式的寫作，這是不二之選。

然而要談具突破性的中文貓書，則不得不提台灣作家朱天心的《獵人們》。這本書初版於 2005 年，書中完全視貓如人，直接提出了「天賦貓權」這樣的字眼，又刻意營造「人族」和「非人族」的陳述角度，生物倫理學專家錢永祥先生，在書的序言就指出該書在台灣的「動物寫作」中有歷史性的地位，因為作者能正視貓這種生物的權利，以尊重為主軸來陳述、抒寫人貓故事，每一頭被寫的貓都如一個被「傳記」的人，躍然紙上。

倫理學本為人類而設，生物倫理學探討人對非人生命的道德責任，分析賦與其他動物與人相等權利的理由，這種外來的學問，近十多二十年來，在中文寫作界別也頗為流行。無論是專寫動物的「動物寫作」，或針對生態環境的「生態寫作」或「自然寫作」，往往都以尊重非人生命的生存和生活權利為前題來寫作。就貓書來說，除了朱天心的作品《獵人們》、《那貓那人那城》外，還有劉克襄的《虎地貓》和香港作家張婉雯的《你在，校園貓的故事》等，都是這方面的優良讀本。

我第一次領養的一對姐妹貓，性格迴異，白貓膽小，狸花貓膽壯。凡有陌生人入屋，白貓必深深藏匿，非待其人離去良久，不肯露臉，狸花貓則泰然自若，無視「入侵者」，很多到訪我家的人都以為這是狸花貓「友善」的表現，其實不然。

有一次，大學時的室友來訪，看見狸花貓睡在桌子上不

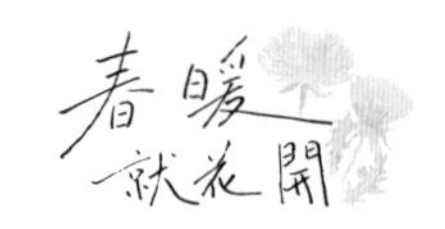

動，他伸手欲撫其背，結果「噼啪」一聲，手在半路，即被狸花貓扭身「發拳」擊中，而「擊落」來襲之手的狸花貓已瞬間恢復原本姿態，一聲未發，恍如未動。室友錯愕，隔了半晌才道：「阿巢，你隻貓抓我。」我不假思索就回應：「嚴格來説，係打你。」（牠也真的幾乎沒有伸出爪子）而我更在眼角處發現白貓竟在自己躲藏的櫃子背後探出頭來，似乎不想錯過這場「好戲」。嗣後，我會提醒到訪者，我家的貓不但有自我保護本能，更有強烈的私人空間意識，未經同意而進入「領空」者，一律「迎擊」，如不想受驚，請勿「摸貓」。

俗諺云：「豬來窮、狗來富、貓來起大厝」，自來貓就是你家富起來了的象徵，所以中國人相信被貓選中是一件十分幸運的事。然而對我來説，貓吸引的地方，不在於能否「招財」，而是因為牠們的「性格」。自尊強烈，性情多變的貓，不會成為千依百順的人類僕從，但可以成為與你共度一生高低起伏的良朋，甚或至親。

曾有研究者指出，貓跟其他被馴養的動物不同，牠們是自我馴化的，也即是説，貓選擇了與你一起生活，牠決定在芸芸眾生中選擇了與你構築「家庭關係」，而家人不但應該互愛，更應該互相尊重。姐妹貓中的白貓，在 2012 年就過世了，由「察覺」牠生病到過世的時間只是數月，自責非常，懷念不已；至於牠的姐妹狸花貓則在我寫這篇文章的時候，剛滿二十三歲，年屆貓瑞之齡，身體也瘦小了很多，但碧目明亮不減，顧盼生姿，一如少時。

註釋：

1. 梅堯臣〈祭貓〉：「自有五白貓，鼠不侵我書。今朝五白死，祭與飯與魚。送之於中河，呪爾非爾疏。昔爾齧一鼠，銜鳴遶庭除。欲使眾鼠驚，意將清我廬。一從登舟來，舟中同屋居。糗糧雖甚薄，免食漏竊餘。此實爾有勤，有勤勝雞豬。世人重驅駕，謂不如馬驢。已矣莫復論，為爾聊郗歔。」詩句寫了祭貓的過程，回想了五白貓當年的捕鼠耀武揚威的事，也寫了對牠功勞的評價，可以看見作者對五白貓的感情。

2. 陸游〈鼠屢敗吾書偶得狸奴捕殺無虛日群鼠幾空為賦此詩〉

3. 陸游〈得貓於近村以雪兒名之戲為作詩〉

4. 張讀：《宣室志》：「寶應中，有李氏子，亡其名，家於洛陽。其世以不好殺。故家未嘗畜狸，所以宥鼠之死也。迨其孫，亦能世祖父意。嘗一日，李氏大集其親友，會食於堂上，而門外有群鼠數百，俱人立，以前足相鼓，如甚喜狀。家僮驚異，告於李氏。李氏親友乃空堂而縱觀，人去且盡，堂忽摧圮，其家無一傷者。堂既摧而群鼠亦去。」（李冗：《獨異志》、張讀：《宣室志》，頁 32。北京：中華書局，1983 年）

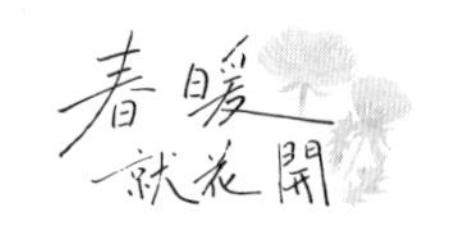

人生解答——閱讀之所以存在

在不同的院校都帶過讀書課，一班由六到十多人不等，看的書多屬哲理類。讀書課與讀書小組的感覺很不同，帶讀書課，雖然想讓同學成為主角，由他們各抒己見，發表一下對內容的理解或對作者價值觀的評論，而自己只當協調者，但讀書課好像容易出現身份問題，因為通常課程都會有評分，而同學又習慣了你是老師，所以常有向你取求「指示」或「答案」的情況出現。當然，有時是自己太心急，聽着同學討論，奈不住就提供了自己的「見解」，最後就變成半授課形式了。

記得有一年推薦同學閱讀的是孫效智教授寫的《宗教、道德與幸福的弔詭》，因為是談倫理學課題，上課時其實有些興奮，因為自己在念大學時，不但修讀了倫理學這一門課，而且當時的老師很鼓勵交流。很多人生課題，都是在那個時候有了初步探索和思考，所以對我來說，相關倫理課題的書，都很吸引。

《宗教、道德與幸福的弔詭》一書談到諸如神律倫理、理性倫理及全球倫理等等，不少倫理學的大課題，內容其實不算顯淺，但有不少都是重要的大原則，所以當時覺得，何不讓同學試讀一下，即使不是每人都能掌握全部內容，但能得到一鱗半爪已屬有益，如能各取所需，那就更好了。可是課上下去，卻發現同學的反應有點出乎意料。

同學在讀這本書時，似乎多不能投入，也有部分同學似乎老是在想老師會怎樣理解書的內容，想求得「正解」，這與我理解中的讀書課——通過反覆討論書本內容以加深個人認知及加強思考能力，很是不同。結果很多時不是我在解釋內容，就是在「修改增訂」同學對內容的理解。終於一位同學的話讓我反省了，那位同學說：「我們說什麼你都覺得不對，還是不說了。」

我當時第一個反應是「你們說得不對，我當然要糾正呀！」但其實再想想，讀書課雖然叫課，但那是鼓勵同學自學的課，不論對錯，首先是要鼓勵有同學自己的意見，由這裏開始加深認知，再由認知導向反思，所以，後來的讀書課，我也提醒自己不要太過執着同學理解的對錯了。

至於讀書小組，因為大都不會有評分，所以不太會出現這種問題。另外，人數少，通常都是三到五人，也讓討論比較容易輪轉。

還記得念大學時，自己參加西西小說的讀書小組，組員雖然大都是中文系的同學，但觀點卻很多方面。由討論西西一些短篇小說的主題，結構到文筆，幾乎無所不談。最寶貴的是有人跟自己的意見不同，因為他山之石，可以攻玉，聆聽和接納他人的見解、思考不同意見的得失，就能改進自己的知識。

在大學任教時，也參加過讀書小組，雖然很多時仍擔任協調者角色，但卻不會變成老師半授課式了，組員大都比較主動。我想除了沒有評分這個元素，就是因為讀書小組是自願參與的活動，而且很多時不會有人刻意追求對內容有最「正確」的解讀。大部分參與者，或多或少都明白，讀書小組裏出現對書本的不同理解，甚至完全相反的看法是很正常的事。

無論讀書課或讀書小組，都有意見的交流，那可以有一個人的讀書課或讀書小組嗎？嚴格來説，不可能吧。成為課或小組的條件，就是必須有不同的參加者分擔角色，然而，細想一下，其實你真的可以一個人就組織讀書課或讀書小組，自己同時兼任多角就行了。

我很喜歡用超過一個角度去閱讀題材新穎或有新見解的作品，閱讀時會儘量抽離習慣的角度，思考不同意見，並比較這些意見，看看是否能讓我有所啟發。

有一年到丹麥的哥本哈根開會，順道到荷蘭的阿姆斯特丹，在一家叫 ABC American Bookstore 的書店，買到了一本叫 *Cat of the Louvre*（《羅浮宮的貓》）的書，作者是松本大洋。這本書是漫畫，松本大洋是著名的日本漫畫家，因為受到法國羅浮宮的邀請，參加了「BD Louvre」（「當羅浮宮遇見漫畫」）的藝術計劃，2017 年就在日本陸續發表這套「Cat of the Louvre」。我在阿姆斯特丹買到的，是這套書的英譯本，後來 2020 年時，也再買了一個中文譯本。

法國人視漫畫為第九藝術[1]，所以才有這個與「BD Louvre」的藝術計劃，邀請世界知名的漫畫家，用作品來說相關羅浮宮的故事。這本漫畫是一個奇幻故事，說一群住在羅浮宮閣樓的貓，有一個在這裏生活和工作多年的老人會餵飼牠們，一個在羅浮宮工作的女導賞員，與老人聊起了包括貓在內的各種「秘密」。這些貓在沒有人看到的時間會以人的形態活動、對話及遨遊。

其中一隻叫小白的貓，不斷聽到有人呼喚牠，原來是一個在畫中的小女孩，這個小女孩其實是老人的姐姐，五十多年前聽到畫的呼喚，走進畫裏，就再沒有出來，也沒有衰老。小白後來也走進畫裏，與女孩在畫中過了一個多月，但最後卻決定回到外面。小女孩讓小白把自己的懷錶帶出來，交給她的弟弟，實踐了五十多年前的生日承諾。

這雖然不是我第一次接觸藝術型漫畫，但這本漫畫在各個層面都很豐富，由內容重點，故事發展，細節安排到寄寓

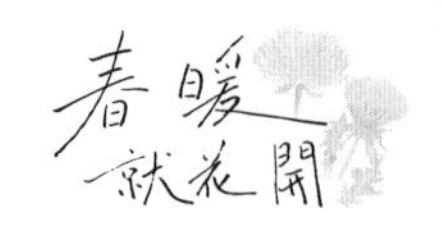

的信息都很有深思的價值，所以印象很深。

松本大洋小心摹繪貓的不同神態和動態，讓每一頭貓都很立體，也很有特色，可見作者對貓觀察入微，而且他更通過「人化」，突出了貓的不同性格，將貓在羅浮宮的自由生活及社交情況活現眼前。

除注意角色的營造外，他也很注意場境的整體設計，例如當描畫畫中的世界和畫外的世界時，他就用了截然不同的線條，形成對比，很是有趣，所以這是值得推薦的貓書，也是一本技巧很高的漫畫。

然而，換另一角度考慮，我覺得寫貓只是手段。這本漫畫，一開首即展示了藏於羅浮宮的名畫，*The Funeral Procession of Love*（「愛的葬列」），這幅畫描繪了一群人及一隊看似是羅馬小愛神丘比特（Cupid）的隊伍正為一個睡在棺蓋上的人送葬，故事中，小女孩和小白走進去的就是這幅畫。作者用這幅畫作為貫穿故事的重要場景，是想暗示愛已經死亡（消失）了嗎？

故事中，作者描述了各人對生活的態度，表面上大家都越來越冷漠或自我（特別是那些貓），但其實愛並沒有在生活中消失。例如，在羅浮宮工作的女導賞員終於鼓起勇氣，向羅浮宮的修復專家，也是她以前的老師說出了自己對修復蒙羅麗沙的意見，表現了對藝術作品的熱愛；又例如小女孩雖然不肯離開畫，但卻讓小白帶回懷錶，交給自己的弟弟，讓這個悲傷了五十多年的人，明白姐姐對自己的愛從來沒變。

更有趣的是，當小白在畫裏時，曾問小女孩，那畫中躺在棺木蓋子上的人是不是死了？但那人卻自己爬起來，回應說：沒有，我只是在裝死。這個送葬的主角，被認為可能是希臘的愛神艾羅斯（EROS），他說自己只是在裝死，正隱喻了這本漫畫的主題：愛看似已在生命中消失，但那是假的，只要肯追問（追尋），愛就會出現。故事中小白，最後決定離開畫，甚至羅浮宮，就是因為牠要親身感受活着的一切，表現了對生活的熱愛。

《羅浮宮的貓》對我來說是有趣的貓主題幻想故事，也是技巧高超的漫畫，更是有深度、有寓意的藝術作品。比較這些不同角度，我認為本書的寓意能好好地表現出來。正因為松本大洋能善用各種題材來說出一個完整的故事，通過塑造貓、名畫、羅浮宮、羅浮宮工作者及參觀者的真實與奇幻關係，表現了對不同形式生活的熱愛，而生活正是藝術。

無論是哪類型的書本，都可以是一個匯集多思的聚會，也可以是一個讓自己檢視個人能力和價值觀的機會。多種不同的看法可以並存不悖，讓自己沉思細想，比較一下各種看法，更往往能有所啟發，這種閱讀方式促成了價值觀方面的反省，閱讀由是而不再是單純的知識輸入活動。

唯其如此，我鼓勵大家投入讀書課或讀書小組，無論那是有多人參與的，抑或只有你自己。

註釋：

1. 一般以繪畫、雕刻、建築、音樂、文學、舞蹈、戲劇、電影為八大藝術。

思辨寫作 —— 自身反省之必要

小時候，家父有一次過年前告訴我，年三十晚午夜時，老鼠會嫁女，送嫁的隊伍會由牀下出發。其實當時家中並無老鼠，但不知為什麼，小小的腦袋就滿是老鼠舉家出動，群相歡慶的場面。結果那一年我就決定徹夜不眠，守候牀下的動靜，守着，守着，就在年初一的早上醒來了。這種情況，在隔年也發生了一次，但就沒有第三次了，當時心裏的結論是：「我家有狗和其他動物，所以老鼠不會選擇我們家作嫁女地點……」

到大學時候才知道，老鼠嫁女是江南地區流傳已久的民間傳説，也是年畫或傳統花紙常見的題材[1]，家父家母都是江蘇常州人，這個傳説自然也是他們生活圈子的一部分。動物不會有人類一樣的「禮節」，這一點其實稍微思考一下就應該會想到，因此，老鼠會嫁女的可能性也不用多説了。

然而，對小朋友來説，事件的有趣程度越高，它的合理程度就越不重要，這種人類願望或價值先入為主的思考方法，其實在成年人身上也常見出現。大家在看一些有關野生動物攻擊人類的事件中，常見報道者會使用，「惡毒地」、「狡獪的」或「殘忍地」等字眼描述動物的襲擊，然而這是合理

的描述嗎？當我們以表示惡劣，甚至邪惡的人類意圖來標籤動物時，其實等於已確認動物有人類一樣的道德概念，也即以為動物與人「均等」，當然，這種「均等」，只在追究責任時出現。

《論語 · 為政》：「學而不思則罔，思而不學則殆」。針對不同的目的，思考自己的所見所聞，例如主張成立的合理理由、理論能實踐的重要條件或說法能體現的人生價值等，都是獲得真正知識的不二法門。無論個人喜好或思考習慣，都應該要小心處理，不要讓它們妨礙自己的判斷。然而有什麼能幫助思考呢？思辨寫作（Reflective Journal）或許是一個答案。

思辨寫作，又稱反思寫作或思辨短文，是學術寫作的一種，那是篇幅短小的分析性寫作。有人主張思辨寫作是便條式（note form）的，也有人主張思辨寫作應是文章式（essay form）的。顧名思義，這種寫作以思辨為重心，這也是它與讀書報告的主要區別，讀書報告重視撮述內容及表達感想，而思辨寫作則要求針對特定的對象，例如書、論文、現象或理論等，作最合理的詮釋和反省，如有必要，更可以運用相關的學術理論來配合分析。這種寫作很適合用來輔助研究，因為研究時都會閱讀大量的資料，如果能夠小心反思，那麼個別資料的價值或重要作用，就更容易在研究者心中留下深刻印象。

還記得在高中時，因為老師要求做一個時事專題報告，所以針對同一個課題有大量「跨文本」的閱讀，報紙、雜誌、電視及電台的報道，還有一些專家的訪問等讀了一堆。當時就對一些重要的文本寫了「思考筆記」，雖然寫得比較簡單，但也算寫下了對資料的反省。

到大學的時候，老師建議我們廣泛閱讀不同的學術類著作，並對閱讀的作品寫下「學術札記」，現在回看這些札記，其實已是頗完整的思辨寫作了。當年寫的札記幾已全部散失，但有些印象頗為深刻。記得其中一篇是寫讀余嘉錫先生的《古書通例》，當年看這本書頗花了一點時間，因為內容實在不易吸收；書雖然是 1985 年出版的，但其實這本書是余先生 1930 年代「古藉校讀法」課堂的教學講義，文筆簡練深切。薄薄的一本書，說明了無數中國文獻學的深入道理，那是第一本讓我認識中國文獻學精彩之處的書，也是第一本讓我深入反思文獻學知識對研究中文之必要的書。

另一篇讓我印象深刻的反思，則是寫讀蘇雪林女士的《南明忠烈傳》。還記得，當時要找一本介紹明末忠臣義士書來幫助寫論文，所以就在圖書館，借了這本書。蘇氏的書出版於 1955 年，當時圖書館沒有太多關於「南明」的專書，所以對於希望多瞭解「南明」儒士（明遺民）的學生來說，這本書很重要。

閱畢全書，發現這本書對自己寫作時使用的「材料」，大都不會說明來源或出處，描寫各個「忠烈」的方式也比較不統一，寫作得有點隨意，所以把它當作故事書來閱讀，是很不錯的（文筆不錯，變化也多），但要作為認真研究南明儒士生平的根據，就不太有用，然而這本書仍給了我南明忠烈的初步印象，也可說為自己後來的研究提供了「靈感」，瑕不掩瑜。

思辨寫作既不是寫讀書報告，也不是書評，不必執着優劣，更不必傾注個人感情，總之，只要有針對目標或作用的合理分析就可以了。讀余嘉錫先生的書，直接啟發了我對文獻學價值和重要性的認知，而讀蘇雪林女士的書，則讓我間接思考了怎樣的材料，會更適合人物生平的研究，不同的反思，讓我有不同的得着。

要說思辨寫作的最大作用，那應該是讓你反思自己。思辨本身能讓你反思針對某一範疇的「知識」是否正確和足夠，也可以讓你反思個人的「價值標準」是否合理，所以有時只是思辨而不寫成文章，也一樣有益。

這幾年，有不少關於動物的討論都很「火紅」，其中一個就是導盲犬，這也讓我記得以前看過一本叫《我是你的忠心 GPS》的書。這本書是 2013 年出版的，書通過導盲犬 Deanna 的「自述」與使用者（曾建平）的陳述，介紹了導盲犬是什麼、導盲犬的成長與訓練、盲人與導盲犬的活動及導盲犬的生活挑戰等內容。另外，這本書還推薦了導盲犬服務的好處，希望在香港可以大力推行。我記得，在看這本書之前，已看過一套日本電影《導盲犬，小 Q》（2004 年），後來也把對應電影的書《再見了，可魯》看了一次，那時對導盲犬的印象，就真的是人類「既可愛又忠心」的朋友。

然而，如果小心反思這個結論，我發現結論的論據是這樣的：說導盲犬「可愛」，應該是基於對「寵物犬」的愛護而來，而說牠的忠心則是對牠作為「工作犬」的表現來考慮，這兩個論據是否足以讓我們正確地理解導盲犬呢？如果你只是想要知道導盲犬對人可以有什麼貢獻，那這兩個論據應該頗能令人滿意了。然而，如果你的思考目標是犬隻的動物權益是否得到最大的照顧，那這兩個論據就應該不行了。

事實是，導盲犬的訓練是否過於「工具化」，而傷害了牠們的動物權益，的確曾在本港引起討論。《我是你的忠心 GPS》裏 Deanna 說：「是的，這就是導盲犬必須作的犧牲，做好工作，放棄了多少美食佳餚，抗拒了多少引誘啊！我深信將來退休的時候，老爸必定不會待薄我的。嘿嘿！」我們現在知道訓練一頭導盲犬要使用不少時間和方法去掉牠的犬類天生衝動，令牠們變得「合用」，而導盲犬的工齡是八至十一年，也即一頭狗的大半生，從這兩點看，很難說不是對動物權益的傷害。

人類使用動物作工具已久，狗肯定是其中一種最常見的。自約一萬四千年前家犬這個被馴化品種出現後[2]，不同種類的工具犬，例如狩獵犬、警犬、緝毒犬、搜救犬及軍犬等就非常普及，狗的確是人類生活的一大助力。羅伯茲（Alice Roberts）在《馴化：改變世界的十個物種》（*Tame: Ten Species That Changed Our World*）一書指出，其實人是與動物和植物一起被馴化的，如果沒有這個「共同馴化」的過程，人類不會有現在的文明，甚至不能生存下去，而在這些共同馴化的物種中，狗是人類極為關鍵的生存「同伴」。

以這個「知識」作為論據去推論，完全或純粹地「工具化」自己的「同伴」是不合理的，同時也不符合我們人類歷經多年培養出來的道德直覺，但從此讓狗完全從人的生活圈子剝離，讓牠們回歸原野，完全自由地發揮天性，也不見得是很正確的選擇。因為人狗共生，已是萬年來不爭的事實，讓牠們遠離這種適應了的共生關係，本身也是一種傷害。

因此，思考如何看待導盲犬這個現象的最合理結論，似乎應是本着尊重共生關係來求取最高平衡（平衡人類的需要與動物的權益），也即要求導盲犬的訓練，應是以尊重動物為前題來進行，在評估、招募、訓練方法和工齡方面都應該有相應的處理。

人與動物的關係是一個很好的思考範疇，有很多值得仔細反思，可以寫成短文的題目。值得注意的是，思辨寫作不是要求寫出一槌定音，永遠真實的評論。

時移世易，知識和價值標準也會不斷改變，好像重視動物權益的價值觀就是近代才興起的，以之思考人與動物的關係，很容易就會出現與前人不同的結論。又好像今天我們知道有「機械犬」可以代替不少工作犬的「功能」，特別是一些有危險性的工作，雖然發展尚未成熟，但這個知識是否能讓我們思考部分工作犬在未來存在的需要呢？

寫作思辨短文可以促進個人的反思，而反思是一種保持理性、與時並進的生活態度，所以我鼓勵大家也嘗試寫一下這種文章，對不同的現象或道理，不要輕易相信，要多思多想，要經過驗證，找出理據，推出結論，即使不是每次都能完整成文，但也一定能有所得着。

註釋：

1. 周作人在四十年代末期創作的《兒童雜事詩》，就有一首叫〈老鼠做親〉，詩說：「老鼠今朝也做親，燈籠火把鬧盈門。新娘照例紅衣褲，翹起髭鬚十許根。」詩並有自註云：「老鼠成親花紙，儀仗輿從悉如人間世，有長柄宮燈一對，題字曰『無底洞』。」老鼠嫁女的故事，迭經變化，已有不同的版本流傳。

2. 現在的研究認為狗的馴化可能早於三萬六千年前就發生，但這個被馴化的古代家犬種類，沒有流傳下來，現在我們看見的家犬，牠們的馴化歷程可被追源至約一萬四千年前。

好奇不殆——探索未知的世界

以前頗喜歡看各種神怪故事，不論中外，只要有趣，通常都會重看幾次。由《聊齋誌異》、《夜雨秋燈錄》、《閱微草堂筆記》及《子不語》等清代的書，到後來往上追看魏晉志怪故事，其實都是因為一份「好奇心」，而科學與好奇心正有密不可分的關係。

還記得在看魏晉六朝這些談神説怪的小説時，因為看到《搜神記》而想起老師的話：「《搜神記》，現在我們把它當成專記奇事怪談的書，但對當時的人來説，那是事實的紀錄，是科學觀察的結果。」當時的人可能真的認為《搜神記》等書中記下的各種奇聞異事、神魔妖怪都寧可信其有，不可信其無。

好像南朝宋人劉敬叔寫的《異苑》記載彩虹的來源説：「古語有之，曰：『古者有夫妻，荒年菜食而死，俱化成青絳。故俗呼美人虹。』」這個認為彩虹是由人死後變化而來的説法，應該是流傳已久的民間傳説，在台灣原住民傳説故事中也有類似的説法[1]。追尋一下，我們可以發現中國對「彩虹」有各種不同的傳説，由《詩經》、《漢書》、《山海經》到各種註解經書的作品都有提及或説明，其中最古老的記述，甚至可以追溯到商代甲骨文，文中説見到彩虹從北面，吸飲河水[2]。劉敬叔的《異苑》也記述了彩虹的吸飲現象，不過彩虹在記述中變成是有欲望、有影響力的神怪，而且飲的不一定是水，更會和人有直接的接觸[3]。至於針對「飲河之虹」作科學層面觀測的人，則不得不提北宋的沈括。

沈括在《夢溪筆談》中提到一次觀測彩虹的經歷：

> 世人傳說彩虹能夠到溪澗中飲水，這事是真確的。熙寧年間，我出使契丹，到了它最北邊的黑水境內永安山下支起了帳篷。當時剛好雨後初晴，看見彩虹下探到帳篷前的溪澗裏。我與同事一起貼近溪澗觀察它，發現彩虹的兩首都垂入溪澗之中。着人渡過溪澗，大家隔着彩虹相對而立，相距數丈，中間好像隔了一層輕紗。這道彩虹從西向東觀望就可以看到。因為是傍晚的彩虹啊。站在溪澗的東面向西觀望，就會被太陽晃眼，什麼都沒有看見。過了很久，彩虹慢慢向正東，踰越山嶺而消失。第二天走了一段路，又再看見彩虹。孫彥先說：「彩虹是下雨時雨水中太陽的影子，太陽照着雨點就會有彩虹出現[4]。

沈括這一段記述，説明自己通過客觀實驗（觀測）來印證理論，表現符合現代科學原則的求證精神，所以是針對彩虹的重要説明。這段故事特別值得注意的的地方，不但是沈括那「先進」的科學精神，而且更是他如何對待人人都會有的「好奇心」。

文中提到的「孫彥先」即孫思恭，精於天文曆算，著有《堯年至熙寧長曆》，他提出彩虹是光學現象的説法，其實在唐代也有人提出，但卻沒有如他般，明確地指出彩虹是由日光照射空氣中的雨點才出現；沈括則以科學觀察的方法，驗證了太陽光與彩虹的關係，從而證實了孫思恭的「理論」，也即明確證明了彩虹是「物理」，而不是要飲水或飲食的神怪。以這個角度考慮，沈括的作品已是現在我們説的科學知識寫作。

《夢溪筆談》中還有不少在當代來説，極先進的科學知識，例如在〈指南針〉條，提出磁偏角現象，在當時屬世界首見的發現，又例如在〈海陸變遷〉條，察覺了生物遺骸對發現地形改變的重要性，並指出了海洋與地形改變的關係，也是道前人所未道；著名的中國科技史研究專家李約瑟就大力稱讚沈括，認為他的科學知識極為卓越。

近代不少專家學者都為了推動科學知識的學習，而創製不同形式的科學寫作，讓全世界都可以分享不同領域的研究

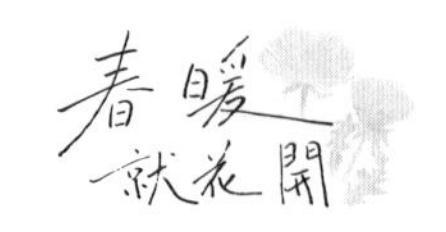

成果，這種力求普及的科學寫作，統稱為科普寫作，而科普寫作，往往並不單純推廣科學知識。好的科普寫作，通過良好的語文，讓我發現驚人或動人的事實、現象或原理，更可以讓我們思考人生價值。好像梅蘭妮 · 查林傑（Melanie Challenger）在《忘了自己是動物的人類：重思生命起源的歷史與身而為人的意義》（*How to Be Animal: A New History Of What It Means To Be Human*）一書，從生物學、化學及物理學等的科學觀點論證了人與動物的共同性，從而讓我們反思了任意殺害生物及歧視動物的生存態度。她在書中說：

> 「我信任妳，我的靈魂，」華特 · 惠特曼在〈自我之歌〉（Song of Myself）中如此說：「另一個我不可屈膝於你，你也不可屈膝於另一個我。」惠特曼不認為思考的自我淩駕於動物身軀。而失去肉體的靈魂，只是無所適從的抽象存在。為拯救人格性而放棄動物身份，實則忘記人格性和動物性是一體兩面。我們從來不需要逃避，我們已是應然的模樣，而且在很多重要層面上，也已經是我們希望的模樣。抬頭望向晴朗夜空尋找星星，並非只有記憶留存

> 了光影變幻，身體也會回想黑暗，接着眼睛適應了，自錐狀細胞到桿狀細胞啟動適應機制，這個過程或許得花上一整個鐘頭。光子接觸眼睛裏的光受體，與蛋白質分子互動。人類的光受體內的主要分子與地球上其他脊椎動物相同，大家都用功能差不多的一副眼睛觀賞美景。

根據書中的説明和議論，我們可以發現歧視、殺害及剝削其他生物，視生物為可以任意操弄的物品，是與科學思考結果相反的行為，其至可説是完全地反科學的作為。梅蘭妮用確切的科學證據、優雅的文筆和良好的説明及議論，讓我們反思了人類長期視自己為這個地球上最獨特超然物種的荒謬，也讓我們思考了不再以人類作中心來「自私自利」的可能。

近十餘年來大為興盛的「生物多樣性」（Biodiversity）研究，除了集中探討如何保護地球的環境，令不同物種得以生存，最新也可能是最值得保護的研究精神，就是不再只以人類的利益為最重要。生物多樣性[5]研究的先驅，愛德華・威爾森（Edward O. Wilson）在他的作品《半個地球：探尋生物多樣性及其保存之道》（*Half Earth: Our Planet's Fight for Life*）中就指出，第六次大滅絕[6]已近在眼前，他大膽提出，人類要交還總面積達到半個地球的空間給自然，所有生物，包括人類才有機會繼續生存。

愛德華 · 威爾森指出現在我們生存的地質學世代叫「人類世」（Anthropocene），是地質學研究首次以「生物」來命名一個地質學世代（Epoch），因為人類的威力實在太大，移山易海，改天換地，然而「人類世」是可悲的世代：「不知多少年後，地質學家或許會說：『悲慘的人類世，是惡質人性與光速般進步之科技的結合產物。這對人類與其他的生命來說，是多麼可怕的年代。』」

人類的前途，真的只是一片黯淡嗎？對這條問題，著名的美國理論物理學家及科普作家加來道雄（Michio Kaku）可能會有不同的意見。他在《2100 科技大未來：從現在到 2100 年，科技將如何改變我們的生活》（*Physics of the Future: How Science Will Shape Human Destiny and Our Daily Lives by the Year 2100*），認為依據現在以幾何級數發表的科學研究論文，人類未來將會出現三個方面的革命：量子革命、電腦革命和分子生物革命。這些革命會令未來一百年（該書出版於 2012 年）的人類做出以前的人認為只有神才能做出的行為，例如使用意念操控物件的活動、可以不斷延長自己的生命、能使用奈米技術改變物質的結構或創造新的物體及移民太空等等，他在書中序言的標題就是

「2100 年：成為神話中的諸神」。

加來道雄教授在一次演説中説「我們天生就是科學家」（We were born scientists），而對眾多現象好奇；他擅長引領大家一起「探奇」，難怪他的書都很好看。我第一次看他的書，是《電影中不可能的物理學》（*Physics of the Impossible: A Scientific Exploration into the World of Phasers, Force Fields, Teleportation, and Time Travel*），當我看到他解釋宇宙旅行的各種「科學可能性」時，就覺得份外興奮。小時候最愛看的科幻劇—— *Star Trek*（《星空奇遇記》），首次讓我接觸了超光速飛行的概念，當第一次看到 Warp Drive（曲速引擎）時，就很想多瞭解這種讓人類可以探索新疆界（New Frontier）的工具，但面對各種物理學的艱深説解，很快我就卻步了，慢慢更失去了探究的興趣。加來道雄教授的書正有一節提到宇宙旅行，他在這一節不但將蟲洞（Wormhole）、光障（Light Barrier）、點狀星（Pointlike Star）及黑洞（Black Hole）等物理學知識説得如數家珍、深入淺出，而且還一面輕鬆地推想人類如何以這些知識為基礎實現超越光速的宇宙旅行，解決了不少我當年的「疑惑」。更讓我欣賞的是，他在説理中不忘有趣，在説事實時不忘提出猜想，很適合我這

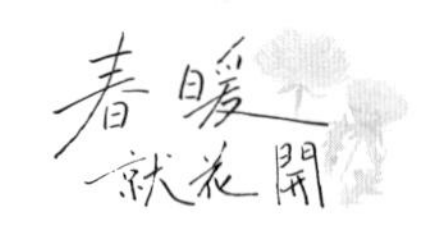

個文科人的「脾胃」，令我對科學的好奇完全蓋過了對科學的畏懼。

無論是古代中國人對自然現象的宏觀探索或現代科學家對各個科學範疇的精細分析，好奇心都是驅使學術研究得以施行的主因，而能夠保持好奇心活躍，則無疑促進了包括科學在內各種學科知識的持續發展，所以無論是因好奇而閱讀，或因閱讀而好奇，這一份心情都應該不被輕視或桎梏，讓好奇促使人類文明不斷地發展，也讓好奇引領我們成長。

註釋：

1. 根據趙福宗，范純甫及葉珠紅等人對台灣原住民傳説的論述，阿美族和高山族等都有彩虹是因人死後，變化而來的傳説。

2. 甲骨卜辭有記載，王占卜後，有不好的預測，後來就出現彩虹從北，吸飲河水的現象。見《甲骨文合集》10405片，反面，序4及10406片，反面，序2。

3. 有研究者認為，「虹」在中國被神怪化，正是由魏晉時代志怪小説的記述開始的。《異苑》有一條記述晉時，有一個叫薛願的人，看見「虹飲其釜澳」（釜，圓口的煮食用具；澳，裏面的意思），一忽兒就喝光了釜中的水，薛願就倒酒進去，倒多少次也被喝光，接者彩虹就吐出黃金滿載了一釜。自此之後，他家惡運盡去，整年都很富貴。至於另一條則説有一叫王義慶的人正臥病牀上，快要吃飯時，「忽有白虹入室，就飲其粥。義慶擲器於階，遂作風雨，聲振庭戶，良久不見」。

4. 《夢溪筆談》的原文是這樣的：「世傳虹能入溪澗飲水，信然。熙寧中，予使契丹，至其極北黑水境永安山下卓帳。是時新雨霽，見虹下帳前澗中。予與同職扣澗觀之，虹兩頭皆垂澗中。使人過澗，隔虹對立，相去數丈，中間如隔綃穀。自西望東則見。蓋夕虹也。立澗之東西望，則為日所鑠，都無所覩。久之稍稍正東，踰山而去。次日行一程，又復見之。孫彥先云：『虹乃雨中日影也，日照雨則有之。』」這裏的譯文引自巢立仁譯《夢溪筆談》〈虹〉，見香港中文文學出版的《與自然對話》，第二版(2012年)，頁249。

5. 現在通行的生物多樣性「Biodiversity」一詞，由「Biological Diversity」轉化而來，而首見如此使用者，正是愛德華・威爾森（Edward O. Wilson）。

6. 第六次大滅絕指將會由人類造成的生態大滅絕。地質研究發現聖經啟示錄級的大滅絕事件一再發生，之前應該共有五次，每次相隔約一億年，最後一次為恐龍滅絕（希克蘇魯伯海岸事件——六千六百萬年前的隕石撞擊）。現在知道，前五次的滅絕，每次發生後，生機恢復時間約一千萬年。

香港作家巡禮系列
春暖就花開
作　　者：李子謙、畢名、巢立仁、賴蘭香
主　　編：譚麗施
特約設計：Eric Chan
系列設計：張曉峰
特約編輯：莊櫻妮
封面題字：尹孝賢

總經理兼出版總監：劉志恒
行銷企劃：王朗耀、葉美如
出　　版：明報教育出版有限公司
香港柴灣嘉業街 18 號明報工業中心 A 座 15 樓
電話：(852) 2515 5600　傳真：(852) 2595 1115
電郵：cs@mpep.com.hk
網址：http://www.mpep.com.hk
發　　行：香港聯合書刊物流有限公司
香港新界大埔汀麗路 36 號中華商務印刷大廈 3 樓
印　　刷：創藝印刷有限公司
香港柴灣利眾街 42 號長匯工業大廈 9 樓
初版一刷：2024 年 7 月
定　　價：港幣 88 元｜新台幣 395 元
國際書號：ISBN 978-988-8796-68-7

© 明報教育出版有限公司

版權所有・翻印必究

如未獲得本公司書面同意，不得以任何方式抄襲、節錄及翻印本書任何部分之圖片及文字

補購方式

網上商店

- 可選擇支票付款、銀行轉帳、PayPal 或支付寶付款
- 可選擇郵遞或順豐速遞收件

mpepmall.com

電話購買

- 先以電話訂購，再以銀行轉帳或支票付款
- 訂購電話：2515 5600
- 可選擇郵遞或順豐速遞收件

讀者回饋

感謝你對明報教育出版的支持，為了讓我們能更貼近讀者的需求，誠邀你將寶貴的意見和看法與我們分享，請到右面的網頁填寫讀者回饋卡。完成後將有機會獲贈精美禮物。數量有限，送完即止。

https://www.mpep.com.hk/hkwriters